Comme des Fleurs
꽃처럼

Comme des Fleurs 꽃처럼

정주희 지음

모요사

prologue

“예전에는 꽃에 관심이 없었는데, 언젠가부터 눈에 들어오더라고요.”

“나이가 드니 점점 꽃이 좋아져요.”

제법 많이 듣는 얘기다. 그래서 꽃을 배우러 오는 분들에게도 “원래 꽃을 좋아하셨어요?”라고 물어보곤 한다. 그러면 첫 번째와 같은 대답을 하는 분들이 많다. 더 재미있는 건 관심이 없다가 꽃이 좋아지는 경우는 많아도 좋아하던 꽃을 좋아하지 않게 되는 경우는 아직 보지 못했다는 것이다.

그럼 어린 시절부터 꽃을 좋아한 사람은 어떨까? 나는 어렸을 때도 꽃과 나무, 동물을 좋아했고 고등학교 시절에는 좋아하는 선생님의 책상에 자주 몰래 꽃을 꽂아두었다. 스무 살이 넘어서는 친구를 만나러 갈 때 버스 정류장 앞에 있던 꽃집에 자주 들렀다. 작은 꽃이라도 선물 받으면 활짝 웃는 모습을 보는 게 좋았다.

그러다가 플로리스트가 되고, 여행을 가서도 꽃을 보고, 영화를 봐도 꽃을 보다가 정원이 있는 집으로 이사도 했다. 나이를 먹고 시간이 흐르면서 달라진 점은 덜 좋아하던 꽃도 새삼 예뻐 보이고 좋아하던 꽃을 더 좋아하게 되었다는 것. 그리하여 어렸을 때의 꿈인 '꽃집 할머니'를 향해 가고 있다.

대학을 졸업하고 한동안 아르바이트만 했다. "내가 정말 원하는 일을 찾기 전까지는 직업을 갖지 않겠다"라는 다짐은 어찌 보면 용감한 생각이었던 것 같다. 그렇게 시간이 흐르다가 어느 날 막연하기만 하던 꽃이라는 세계를 만나 빠져들었고, 일을 시작함과 동시에 이 일이 나의 천직이라는 걸 알아차렸다. 일을 하는 건 행복했지만, 몸은 힘겨웠다. 그래서 손에서 잠시 꽃을 놓았던 적도 있다.

하지만 천직이니까, 꽃은 자석처럼 나를 끌어당겼다. 그러다가 파리로 떠났다. 그리고 그곳에서 만난 또 다른 세상이 지금의 나를 이끌어준 게 아닌가 싶다. 뒤돌아보면 작은 굴곡들이 있었지만, 마치 냇물이 흘러 평온한 강으로 흘러가듯이 자연스럽게 이어졌다. 물론 강물도 거울같이 잔잔한 날이 있고 비바람이 세게 불면 파도처럼 요동치기도 한다. 지금까지 나의 삶도 늘 잔잔하지는 않았지만 그림 같기만 한 인생이 어디 있을까. 그러면 얼마나 재미가 없을까. 그러므로 이 책에는 꽃을 좋아한 꼬마가 꽃집 할머니가 되고 싶었던 어린 시절의 꿈을 이루어가는 인생의 진솔한 이야기들이 담겨 있다.

처음 책을 써보라는 제안을 받았을 때는 “내가 무슨 책을?”이라며 말도 안 된다고 생각하고 일 년을 보냈다. 그 후로 출판사를 만나 마음의 준비를 하기까지 또 일 년이 흘렀다. 마침내 책을 쓰기로 마음먹고 준비하는 데 또다시 일 년을 보낸 뒤 첫 책이 세상에 나왔던 게 벌써 12년 전의 일이다. 그 뒤로 몇 권의 책을 더 썼고, 그 과정을 거치면서 플로리스트로서의 내 경험과 꽃이 가장 아름다운 순간을 포착한 꽃 사진을 책으로 남기는 일을 좋아한다는 걸 깨닫게 되었다.

게다가 지금 생각해보면 살면서 정말 잘한 일 중 하나가 책을 쓴 게 아닐까 싶다. 이러저러한 이유로 오랜 시간 잠자고 있던 책을 깨우기 위해 노트북 앞에서 작업하며 12년 전의 글을 읽으니 그때의 나와 다시 마주하는 느낌이 들었다. 당시의 생각, 그리고 더 거슬러 올라간 시절의 감정과 기억이 고스란히 담겨 있어서 아껴둔 리본 박스를 열어보는 기분이었다.

이렇게 남겨두지 않았다면 공기 속으로 흩어졌을지 모를 소중한 이야기들에 새로운 시간과 공간의 얘기가 더해지면서 마치 새 옷을 입고 세상에 다시 나오는 것 같은 나의 첫 책. 마치 어린 시절부터 꽃을 좋아한 사람이 세월이 흐르면서 좋아하는 꽃이 더 많아지는 것과 비슷하다고나 할까.

그때의 나와 지금의 나는 어떻게 달라졌을까? 우선 거주지와 작업실과 나이가 달라졌고, 예전에는 없던 고양이가 곁에 있다. 정원이 생겼고 그래서 꽃을 키우는 일이 얼마나 어려운 일인지 알게 되었다. 예전에는 화를 냈을 법한 일에도 가볍게 웃어 넘길 수 있게 되었다. 처음 만나는 학생을 기다릴 때 심장이 콩닥콩닥 뛰는 증상도 없어졌다. 이전에는 누군가를 처음 만날 때 너무나 긴장했는데, 이제는 누가 와도 편하게 맞이할 수 있게 되었다. 이렇게 되기까지 걸린 시간이 17년쯤. 그만큼 마음의 여유가 커졌다는 뜻일 테다.

그럼에도 여전히 꽃을 사러 갈 때는 설렌다. 내일은 무슨 꽃이 있을까 궁금하다. 계절이 바뀔 때마다 꽃시장에 들어서는 순간 훅 끼쳐오는 '꽃시장 냄새'에 금세 행복해진다. 예쁜 꽃들을 발견하고, 그 아이들을 데려와 작업실을 채우고, 그

한가운데 앉아서 음악을 듣는 시간을 사랑한다.

이 일을 언제까지 할 수 있을까 싶다가도 이 일을 계속하기 위해서 건강해야겠다고 생각한다. 누군가 나의 꽃을, 작업실을 필요로 할 때 그 자리에 있어줄 수 있으면 좋겠다고…. 그리하여 꽃집 할머니가 되고 싶었던 어린 시절의 꿈을 이룰 수 있으면 좋겠다고….

이 책을 읽는 분들도 좋아하는 꽃이 조금 더 좋아지기를, 꽃을 가까이 두는 기쁨을 누리며 살아갈 수 있기를, 곁에 있는 사람에게 몇 송이의 꽃이라도 선물해줄 수 있는 마음의 여유가 커지기를 기원한다.

마지막으로 오랜 시간 멈춰 있던 책이 다시 나오기를 기다려준 분들, 책의 시간이 다시 흘러갈 수 있게 해준 출판사에게도 감사의 말을 꼭 전하고 싶다. 이제는 훌쩍 어른이 되어버렸지만, 하고 싶은 일을 찾아갈 수 있는 사람으로 키워주신 부모님과 존재만으로도 든든한 언니, 언제나 응원해주시는 시부모님 그리고 여전히 요술램프 속 지니처럼 모든 것을 해결해주는 남편, 늘 고맙습니다.

2024년 7월

정주희

차례

Comme des Fleurs
꽃처럼

Fleurs de la Memoire
추억의 꽃

Seconde Vie
두 번째 삶

Fleurs Magique
마법의 꽃

Les Quatre Saisons
사계절의 꽃

Mise en Fleurs
꽃의 장면

Comme
des
Fleurs
꽃처럼

하루를 시작합니다

오늘은 토요일. 일주일 중 마음은 가장 가볍고 일은 가장 많은 날이다. 이런 날은 집에서 조금 일찍 출발한다. 작업실 근처에서 커피를 사고 하늘을 보며 언덕을 올라 작업실에 도착. 창문을 열어 환기하고 겨울에는 따뜻하게, 여름에는 시원하게 온도를 맞추고 한숨 돌린 후 음악을 켜고 차를 우린다.

오전 11시. 오늘도 시작합니다.

오후 5시 10분. 오늘의 수업이 모두 끝나고 학생들을 배웅하고 돌아서는 시간.

수업이 끝나면 끝일 것 같지만, 지금부터 다시 본격적인 정리를 시작해야 한다. 해가 사라지기 전에 부지런히 사진을 찍고, 남아 있는 꽃들의 컨디션을 살펴가며 화병을 바꿔주고 물을 새로 갈아준다. 새로 시작하는 다음 주를 위한 준비를 해야 할 때도 있고, 리스 샘플을 만들고, 식물들에 물도 줘야 하니 끝나도 끝난 게 아니다. 시시각각 변하는 햇살과 그림자에 다시금 카메라를 드는 손이 바쁘고, 카메라에서 휴대폰으로 사진을 옮겨 학생들에게 보내주는 작업까지 마쳐야 오늘의 할 일이 끝난다.

그래도 돌아보면 구석구석 정리해야 할 것들이 보이니 더 이상 지체하지 말고 작업실을 나서야 한다. 하지만 해가 지고 난 후 반짝이는 창밖 풍경에 시선을 빼앗기면 잠시 또 멈춤. 이래서 퇴근할 수 있을까? 시계를 보니 8시가 다 되었네…. 오늘도 늦어버렸다.

일주일에 두 번은 작업실로 출근, 세 번은 꽃시장으로 출근한다. 아침잠이 유난히 많은 나는 일어날 때 최소 삼십 분이 필요한데, 부끄럽지만 어떤 날은 한 시간이 걸리기도 한다. 첫 번째 알람이 5:47, 마지막 알람이 7:05 이런 식이다.

하루의 수면 시간이 적어도 8시간은 돼야 온종일 정신이 맑다. 고백하자면 일 년에 360일은 졸음에 겨워 보내는 시간이 대부분이다. 요즘 들어 빨리 흘러가는 시간이 아깝다. 아침잠이 없으면 쉬는 날도 부지런히 움직여 보람찬 하루를 보낼 수 있을 텐데… 하는 생각을 종종 한다. 하지만 잠을 많이 자야 하는 체질을 타고난 것을 어쩌겠는가.

현실은 일주일에 세 번은 새벽에 기상하면서도 여전히 야행성이라 하루에 4~5시간, 쉬는 날에는 6~7시간 정도의 수면을 취하는 불규칙한 생활을 하고 있다. 적절히 조절해야 하는데 그게 잘 안 된다. 해가 지고 나면 시간은 초고속으로 흘러가고, 흘러가는 시간이 매일 너무 아깝다.

이렇게 잠을 이기며 아침 일찍 꽃시장에 간다. 평균 사십 분에서 한 시간에 걸쳐 꽃을 골라 트렁크에 싣고, 커피를 사서 작업실에 도착. 시장에서 데려온 아이들을 풀어두고 화병에 물을 받아 컨디셔닝•을 마치면 한 시간이 훌쩍 지난다. 집과 작업실 사이의 거리가 4킬로미터 정도 되던 곳에서 이제는 40킬로미터가 넘는 곳으로 이사하고 나니 이동 시간이 부쩍 길어졌다. 아침 7시에 집에서 나와 컨디셔닝까지 마치고 나면

• 꽃을 다듬고 물을 먹이는 과정.

어느새 11시다. 도로 사정과 꽃의 양에 따라 12시가 되기도 한다.

수업이 일찍 있는 날은 점심시간도 없이 바로 수업을 시작한다. 그 외의 날은 작업실에서 조용히 시간을 보내거나 느긋하게 점심을 먹는다. 그 뒤로 그날의 할 일을 하는 게 보통의 일과다. 일주일에 두세 번은 가까운 곳으로 꽃 배달도 가고, 주문 받은 꽃들을 준비한다. 하루하루 스케줄이 조금씩 다르니 지루할 겨를이 없다는 게 어찌 보면 가장 큰 장점이다. 수업 사이사이 비는 시간에는 책을 읽거나 사진을 찍거나 식물에 물을 주면서 다음 수업을 위한 에너지를 충전한다.

처음 꽃을 시작하고 일이 너무나 재미있어서 출근길이 두근거렸다. 어찌나 신이 났던지. 그런데도 새벽에 일어나 새벽에 퇴근하고, 밤샘 작업을 하고, 불규칙한 생활이 반복되다 보니 서서히 몸이 지쳐갔다. 그러다가 "아, 이러다 꽃이 싫어지면 어쩌지" 하는 생각이 들면서 무서워졌다. 좋아하는 일을 오래 하고 싶은데, 너무 빨리 달려왔던 거다. 그때 어렴풋이 깨달았나 보다. 나의 속도를….

그 후로 모든 일정을 빡빡하지 않게, 여유 있게 잡는다. 작업실을 처음 열었을 때부터 지금까지 줄곧 "적당히 바쁜 게 좋다"라고 생각하고 있다. 마라톤 같은 인생, 나의 속도에 맞춰

지치지 않을 정도의 속도를 유지하며 나아간다. 그럼에도 불구하고 하루의 끝이, 일주일의 끝이 숨이 찰 때도 있다.

멀리서 보면 평평해 보이지만 들여다보면 꽃들의 높낮이가 저마다 다른 꽃다발처럼 내가 하는 일도 한 발 떨어져서 보면 여유로워 보이지만 가만히 들여다보면 전혀 그렇지 않다. 보이는 일보다 보이지 않는 일에 들이는 시간이 훨씬 많은 게 플로리스트의 일이다.

예컨대 결혼식을 위한 웨딩 부케를 만든다고 하면, 으레 '신부가 드는 부케'만 생각하겠지만 일반적으로 웨딩 부케를 주문 받으면 거기에 들어가는 꽃은

- 신부가 드는 부케 하나
- 신랑의 가슴을 장식해주는 부토니에 하나
- 신랑 신부 양쪽 부모님을 위한 코사지 네 개
- 주례 선생님과 사회자의 코사지 각 한 개씩

이 필요하다.

이 녀석들을 만드는 데 걸리는 시간은 평균 2시간. 디자인에 따라서는 3시간이 소요되기도 한다. 보통은 신부의 부케보다 일곱 개의 액세서리(한 개의 부토니에와 여섯 개의 코사지)를 만드는 시간이 더 오래 걸린다.

이게 눈에 보이는 시간이라면, 신부가 드레스를 입은 모습

이나 드레스의 디자인을 체크하고, 결혼식이 진행되는 장소의 이미지와 그곳에 장식되는 꽃의 컬러와 분위기, 그리고 양쪽 어머니들의 한복 컬러까지 체크한 후 머릿속으로 부케와 액세서리의 디자인을 스케치하는 과정은 완전히 눈에 보이지 않는 시간이다. 게다가 새벽 시장에서 꽃을 고르고, 작업실로 돌아와 그 꽃들을 세심하게 다듬어 정리하고, 만들어진 완성품을 포장하고 청소까지 마치는 일련의 과정들은 본격적으로 부케와 액세서리를 만드는 시간보다 훨씬 더 많은 시간과 노력이 필요하다.

부케를 보내고 나서도 일은 끝나지 않는다. 포장하기 전 부케가 아름다운 순간을 담은 사진들을 신부에게 보내야 하고, 마지막으로 부케가 마음에 든다는 피드백까지 받아야 온전히 마무리가 된다.

그날그날 해야 할 일도 만만치 않다. 수강하는 학생들에게 사진을 보내주거나 중요한 사항은 기록도 해야 하고 메일을 열어 질문에 답변도 보내주어야 한다. 카메라로 찍은 사진들을 다시 노트북으로 옮겨두어야 하니 기계들과 함께하는 시간도 제법 길다.

순수하게 한 가지 어렌지먼트(꽃장식)를 만드는 데 필요한 시간은 생각보다 짧지만 그 전과 후에 해야 하는 일들이 훨씬 많아서 플로리스트들은 항상 분주하다.

생체 리듬과 상관없이 불규칙하지만, 혼자서 감당할 수 있을 만큼의 일의 양. 적당히 바쁘면서 숨을 쉴 수 있는 생활. 여전히 나는 이 리듬이 좋다.

de
VICTOR HUGO

수업 이야기

신기하게도 꽃을 만지는 손길에서는 그 사람이 묻어 나온다. 성격이 드러나기도 하고 숨겨져 있던 자신의 모습이 나도 모르게 보여지는 날도 있다. 수업을 시작하기 전에 학생들과 이메일이나 짧은 메시지를 주고받는 경우가 있는데, 그 몇 마디에서도 그 사람의 성향이 드러난다. 무척 예의 바르거나 고운 사람이라는 걸 알 수 있기도 하고, 도대체 이런 메일에는 어떤 답장을 보내야 할까 고민이 될 정도로 배려가 없는 사람도 간혹 있다.

작업실을 시작한 지 얼마 되지 않아 학생으로 만났던 A는 처음 몇 줄 보내온 메일의 이미지 그대로 예의 바르고 고운 사람이었다. 그녀가 만들어내는 꽃들 역시 얌전하고 가지런했다. 문제는 본인은 정작 좀 더 자연스럽고 와일드한 어렌지먼트를 만들고 싶어 한다는 것. 재미있는 것은 정말 노력하고 신경 써야 본인이 의도한 대로 자연스러운 어렌지먼트가 나온다는 것이다. 평화롭게 보내던 일상을 끝내고 다시 들어간 회사에서 스트레스를 받기 시작하자 그녀의 꽃은 와일드해지기 시작했다. 그렇게 꽃을 만지며 스트레스를 풀어냈던 것이다. 다행히 마음의 평화를 찾으면서 꽃도 다시 얌전해졌지만, 심리 상태에 따라 달라지는 꽃의 분위기라니… 흥미로운 일이다.

분명 같은 꽃으로 만들었는데도 만드는 사람의 성격에 따라 나오는 결과물은 각기 다르다. 얼핏 보면 같아 보여도 자세히 살펴보면 그야말로 천차만별이다. 같은 꽃이라도 생긴 모습이 제각각이라서 그렇기도 하지만 사람에 따라서 그 차이가 확연히 커진다.

꽃다발을 만들면 항상 크게 만들어지기도 하고 작게 만들어지기도 한다. 하다못해 플로럴 폼을 자를 때도 성격이 드러난다. 성격이 밝고 거침없는 사람은 모든 꽃이 시원시원하게 자리 잡는다. 결단력이 뛰어난 사람은 늘 빠른 속도로 꽃을 완성한다. 생각이 많은 친구는 언제나 시간이 좀 더 걸린다. 성격이 지나치게 꼼꼼하면 꽃들에게도 틈을 주지 않는다.

처음 만났을 때는 마냥 얌전하게만 보였던 사람이 몸에 넝쿨을 휘휘 감고 부케를 잡는 모습을 보면서 좀 더 그를 알아가기도 한다. 항상 망설임 없는 손길로 꽃을 만지던 학생이 의외로 단정한 리스를 만들어 조금 놀란 적도 있다. 결정 장애로 꽃 한 송이 꽂고 내 얼굴 한 번 쳐다보던 E는 오랜 시간이 지나면서 꽃을 꽂는 속도가 빨라졌고 덩달아 성격도 바뀌었다고 고백한 적이 있다. 이런 변화가 재미있다.

꽃을 만지는 데 옳고 그름은 없다. 가능한 자연에 가까워지기 위해 피해야 할 부분이 있긴 하지만 가장 중요한 건 그 순간을 즐기는 마음이 아닐까. 취미로 꽃을 배우는 사람이나 인생을 걸고 꽃을 시작하는 사람이라면 더더욱 그렇다. 꽃과 함께하는 그 순간이 즐겁지 않으면 무슨 소용이 있을까. 무라카미 하루키의 말처럼 직업이라는 게 본래 '사랑의 행위'여야 하니까 책임감이 따르고 힘든 부분이 있을지라도 우선은 행복함과 즐거움이 바탕이 되어야 한다.

학생들이 만들어내는 꽃들은 생각보다 작거나 크거나, 빡빡하거나 단정하거나 해서 아쉬울 때도 있지만 그런 건 노력으로 바꿀 수 있다. 수업을 진행하면서 가장 안타까운 경우는 내가 만들어 보여준 꽃과 똑같이 되지 않았다고 속상해하는 학생들을 볼 때다. 분명 자기만의 성격이 있고 자기만의 색깔이 있을 텐데 다른 사람과 비교하거나 흉내만 내다 보면 자신이 가진 고유한 색을 잃고 만다.

즐겁게 꽃을 만지고 서로 다른 꽃들의 모습을 있는 그대로 받아들이고, 수업 시간에 배운 내용들을 꼭꼭 씹어 소화시키다 보면, 시간이 지나면서 자연스럽게 자기만의 스타일이 생기게 마련이다. 그러다 보면 누가 봐도 '아, 이건 ㅇㅇ이 한 거구나' 하고 남들도 알아차리는 날이 온다.

꽃을 시작한 지 올해로 23년째, 누군가에게 꽃을 가르치기 시작한 지는 18년째다. 하지만 나는 아직도 배우는 중이다. 다양한 사람들을 만나면서 그들이 묻는 질문에 답을 찾아가며 부족한 부분을 채우고 있다. 처음에는 옆에서 누군가가 꽃을 가르쳐보라고 말했을 때도, 파리에서 나의 꽃 선생님인 카트린이 "나중에 학생들에게 전달할 때"를 예로 들며 설명해줄 때도 내가 누군가를 가르치는 일을 하게 되리라고는 생각도 하지 못했다. 그때만 해도 "전 그건 자신이 없어요"라며 작아지기만 했는데, 이 일을 이렇게 오래 하고 있을 줄이야.

'모든 것은 때가 있다'는 말은 정말 진리였다. 한국으로 돌아와 서서히 준비하고 훈련하고 나니 '아, 이제는 해도 되겠구나'라는 확신이 자연스레 생겼다. 서두르지 않아도 모든 상황이 물 흐르듯 흘러갔다.

누군가 진지한 고민 끝에 "선생님, 저 결심했어요" 하고 나를 믿고 따라와주면, 이 친구에게 제대로 진심을 다해 내가 알고 있는 걸 알려줘야겠구나 하고 마음을 다잡게 된다. 혼자서도 잘 해낼 수 있도록 '하나라도 더 가르쳐줘야지' 하는 마음으로 심사숙고하며 커리큘럼을 짜게 된다. 그럴 땐 양쪽 어깨가 무거워진다. 실제로도 어깨에 힘이 들어가는지 수업을 마치고 나면 여느 때보다 어깨가 뻐근하다. 하지만 다른 이의 삶에 살짝 발을 들여놓는다는 긴장감이 부담스럽기보다 기쁜 마음이 더 크다. 같은 일을 하는 사람에게 동질감을 느껴서일까.

친구들과도 일에 관한 얘기를 나눌 수 있지만 같은 일을 하는 사람들과 나누는 대화는 전혀 다르다. 이 일을 하면서 겪는 어려움, 기쁨, 즐거움, 고민 등 공유할 수 있는 감정이 생각보다 많아서 가끔 만나 서로의 일에 대해 얘기하다 보면 시간 가는 줄 모른다. 얘기를 나누는 동안 뿌듯해지기도 하고 후련해지기도 한다. 보떼봉떼에서 꽃을 배우는 학생들, 현재 혹은 미래의 플로리스트인 그녀들이 잘 해나가면 좋겠다. 좋아서 시작한 꽃을 지치지 않고 더 좋아하게 되면 좋겠다. 그래서 언젠가 다시 만나 우리들끼리만 통하는 대화를 실컷 나누면 좋겠다.

꽃의 밤, 꽃의 아침

'앗, 늦었다!'

꽃시장에 가야 하는 아침인데, 이럴 수가 있나. 알람이 왜 안 울렸지? 평상시보다 두 시간쯤 늦게 일어나 허겁지겁 준비하고 집을 나서서 시장에 도착한다. 오늘은 일단 장미 80송이가 필요한데… 이게 무슨 일이지? 눈 씻고 돌아봐도 장미가 없다. 모두 같은 종류여야 하는데 고작 남아 있는 건 한두 단뿐이다. 이를 어쩐다. 아무리 늦게 왔어도 그렇지. 어떻게 장미가 없지?

또 다른 아침.

간신히 눈을 뜨고 꾸벅꾸벅 졸면서 겨우 운전해 도착한 시장. 꽃을 골라야 하는데, 자꾸만 감기는 눈이 떠지지 않는다. 몽롱한 상태로 겨우 하나 고르고 나면 또 눈이 감기고…. 얼른 잠이 깨야 하는데 걷기조차 힘들어 어디에서든 쓰러져 잠들고만 싶다. 어쩌면 좋지? 악몽이 따로 없다. 머릿속이 하얗게 비워진다.

어느 날은 시장에 도착해 문을 열고 들어섰는데 상점들이 하나도 보이지 않는다. 무슨 일이에요? 하고 물으니 다른 건물로 모두 이사를 갔다고 한다. 이렇게 갑자기요? 시간도 없는데 이 상황이 너무 당황스럽다.

다행히 모두 꿈속에서의 일이다. 한 달에 한두 번은 꽃시장과 관련된 꿈을 꾼다. 이것도 일종의 직업병일까. 며칠 몸과 마음이 느슨해져서 시장 가는 시간이 좀 늦어진다 싶으면 어김없이 꽃을 찾아 헤매는 꿈을 꾼다. 온 시장을 다 뒤져도 장미 여덟 단이 없기도 하고, 머릿속으로 계속 디자인을 구상하느라 깊이 잠들지 못한 날에는 그야말로 잠이 쏟아지는 바람에 정신을 차릴 수가 없어서 꽃을 제대로 고르지 못하는 꿈을 꾼다.

며칠 전에는 처음 보는 신기한 꽃이 한가득 있기에 "어머

예뻐라. 이 꽃은 이름이 뭐예요?"라고 물었더니 뭐라고 뭐라고 이름을 말씀해주신다. 오늘 하루만 나오는 꽃이라며 앞으로는 더 이상 볼 수 없다고. 가격이 비싸긴 하지만 두고 올 수 없어서 두 단을 안고 돌아서는데 설핏 잠에서 깬다. 아, 이름을 기억하고 싶은데… 하며 다시 잠이 든다.

시장에 늦게 가도 되는 날이라서 부족한 수면을 보충하고 일어났더니 결국 오늘은 시장에 두 번 가는구나 하는 생각마저 든다. 이제 정말 별 꿈을 다 꾸네 싶었다. 듣도 보도 못한 꽃을 꿈속에서 만들어내고 말이지.

그만큼 꽃시장에 가는 일은 내게 무척이나 중요하다. 플로리스트로서 가장 집중해야 하는 일이 소재를 선택하는 것이기 때문이다. 그렇다고 스트레스를 받지는 않는다. 오히려 하루의 시작이면서 가장 활기차고 신이 나는 일이기도 하다.

머릿속에 북적북적 잡생각이 많을 때도, 크나큰 걱정거리가 있어서 마음이 무거울 때도, 시장에 머무는 시간 동안은 모든 것을 잠시 내려놓을 수 있어서 좋다. 지금 눈앞에 가장 중요한 일이 놓여 있으니 다른 생각을 할 틈이 없는 거다. 거기에 활기찬 시장 사람들과 반갑게 인사하고 싱싱하고 예쁜 꽃들이 맞아주니 어찌 기분이 좋아지지 않을 수 있을까.

문을 열고 들어서며 마음이 가는 꽃들을 고르고 그것들에

어울리는 아이들을 채워 넣기 시작한다. 처음 고르는 꽃이 주인공일 때도 있고, 거기에 넝쿨 식물이나 다른 소재를 곁들일 때도 있다. 대체로 선택이 빠른 편이어서 옆에서 보면 충동구매처럼 보일 때도 많다. 어떤 때는 "그만 사셔도 될 것 같아요" 하고 꽃가게 주인이 나서서 말리거나 "이거 다 쓰시는 거 맞아요?"라며 되물을 때도 있다.

시장에서 벌어지는 상황은 날마다 달라서 예를 들어 월요일에 노란 달리아가 너무 예뻐서 아, 다음 수업에 저 녀석을 써야지 하고 마음먹고 가면, 수요일에 달리아는 조금 덜 예쁘거나 늘 보던 아네모네가 유독 더 아름다울 수도 있다. 혹은 새로 나온 캄파눌라가 마음을 확 사로잡으면 거기에 맞춰 디자인을 수정하기도 한다. 달리아가 들어가는 어레인지를 뒤로 미루고 다른 어레인지를 구상하는 것이다. 그렇게 되면 머릿속이 무척 바빠지지만 재미는 두세 배가 된다.

심지어 수요일에 들어온다는 그린 카라를 예약해두고 막상 당일 아침에 가면 중간 유통 과정에 문제가 생겨서 목요일에 들어온다든지, 금요일에 만나기로 했던 가든 장미들이 로열티 문제로 농장에서 밭을 갈아엎어버리는 바람에 들어오지 못했다는 충격적인 소식을 들을 때도 있다. 개미취를 사야지 마음먹고 갔더니 "올해는 끝났어요"라는 얘기를 듣기도 한다. 반다를 주인공으로 하는 부케를 만들 요량으로 시장에

갔는데 그날의 반다가 유독 힘이 없는 경우도 있다. 이런 일들이 종종 벌어지기 때문에 아무리 디자인을 정하고 가도 변경해야 하는 일이 다반사다.

그렇다고 늘 충동적으로 꽃을 고르는 건 아니다. 머릿속으로 디자인이나 컬러를 생각하고 갈 때도 많다. 이를테면 '오늘은 오렌지&보라 톤으로 해야지'라든가 한동안 라벤더 리시안셔스가 예뻐서 흠뻑 빠져 있었다면 오히려 '오늘은 꼭 다른 컬러로 해야지' 하고 마음먹기도 한다. 평소와 다른 디자인을 하기 위해 얼굴이 커다란 꽃을 찾아 헤매거나 옆모습이 예쁜 꽃들을 집중적으로 찾기도 한다. 그리고 중요한 행사가 있거나 어딘가에서 데몬스트레이션을 해야 하거나 24명이 함께 하는 수업을 위해 꽃을 준비해야 한다면 수량과 종류를 메모해 가거나 예약을 하기도 한다.

머피의 법칙도 아니고 참으로 신기한 일은 이틀 전에 보고 꼭 써봐야지 했던 소재를 다시 찾으면 없는 경우가 대부분이라는 것. 이유는 알 수 없다. 그래서 언젠가부터는 여행지에서 쇼핑할 때처럼 꽃시장에서도 망설이지 않는다. 주저하는 마음이 들면 돌아서고, '이 녀석을 다시 못 만나면 생각날 것 같아'라는 마음이 들면 과감히 데려오는 거다. 물건이든 꽃이든 인연이 닿아야 함께할 수 있지 않을까.

이렇듯 아무리 힘들어도, 마음이 심란해도 꽃시장에 들어서는 순간은 꽃 생각밖에 나지 않는다. 엄청난 에너지를 소모하는 한편 그만큼 리프레시가 되기도 한다.

사랑하는 꽃시장, 소중한 나의 아침.

꽃 선물을 받았습니다.

항상 꽃과 함께하는 일이다 보니, 플로리스트로 살게 된 이후로 꽃 선물을 받는 일은 흔치 않다. 가끔 커다란 부케를 만드는 날은 “아, 이런 거 선물 받으면 어떤 기분일까?” 궁금하기도 하다. 그러나 쉽게 상상이 되지 않는다. 포장되어 있는 꽃을 선물 받아본 지가 이미 너무 오래되었으니까. 그렇다고 꽃을 선물 받지 못해서 아쉬운 마음은 별로 없다. 세상에서 가장 행복한 직업이 ‘꽃 배달’이라고 하지 않던가. 사람들에게 꽃을 전하며 행복해하는 모습을 볼 수 있으니 그걸로 충분하다는 생각이 든다.

그럼에도 꽃을 선물 받을 수 있는 곳이 있다. 바로 꽃시장이다. "오늘 기분이다" 하며 너무나 예쁜 호접란을 한 단 건네주시는 사장님. 목이 부러져서 바닥에 치워져 있는 장미에게 눈도장을 찍고 있으면 슬며시 챙겨주시기도 하고, 마지막으로 남아 있는 달리아 몇 단을 가져가서 쓰라며 왕창 안겨주시기도 한다.

올해 첫 스카비오사라며 농장에서 '보떼봉떼'라고 이름을 적어 보내주시기도 하고, 이른 봄에 너무나 멋진 목련 가지를 작업실까지 실어 와서 직접 설치해주시기도 한다. 은방울꽃을 샀는데 하노이도 한 아름, 백합도 한 단 더 주실 때도 있다. 추석 선물이라며 너무나 예쁜 장미와 샌더소니아를 안겨주시고, 노랑 카라를 샀는데 하얀 카라를 더 넣어주실 때도 있다. 카틀레야나 파피오페딜럼 같은 난을 보며 감탄하고 있으면 예쁜 아이들로 골라 한 단을 만들어주시며 꼭 한두 송이씩 보너스를 주신다. 어떤 날은 난을 배양할 때 사용한다는 유리병도 함께 주신다.

일주일에 세 번씩 아침마다 시장에서 만나 눈 맞추고 인사하는 분들이니 어떻게 보면 가까운 친구들보다 자주 얼굴을 마주한다. 항상 기분 좋게 맞아주시고, 예쁜 꽃이 있으면 따로 챙겨주시고, 오늘 이 꽃은 별로니까 사지 말라든가 다음 주엔 무슨 무슨 꽃이 들어온다고 귀띔도 해주신다. 워낙 소량만 들

어와서 진열하기도 전에 팔릴 것 같으면 "요즘 스위트피 들어와요. 안 쓰세요?" 하면서 고맙게 챙겨주시고, 새벽에 따로 메시지를 보내주시기도 한다.

농장에서 보내온 포도즙, 몸에 좋다는 쓰디쓴 칡즙, 직접 담근 모과차나 매실차, 미숫가루 혹은 커피도 한 잔씩 건네주신다. 인사만 하고 지나쳐도 요거트 한 병, 박카스 한 병이라도 꼭 쥐어주신다. 건네주시는 메뉴도 다양해서 어느 날엔가는 꽃시장에 앉아 맥모닝을 먹기도 하고, 샌드위치를 먹은 적도 있다. 나한테만 유독 잘해주시는 게 아니라 꽃시장을 다니다 보면 종종 비슷한 장면과 마주친다.

게다가 가을이면 달리아가 가득 핀 아름다운 농장에서 달리아를 선물로 주시기도 한다. 농장에서 직접 자를 수 있는 행운도 함께라서 이런 선물을 받으면 더 신이 난다. 좋은 기회로 네덜란드 인터플랜트 사의 스프레이 로즈 엠버서더가 된 뒤로는 장미 농장에서 새로 나온 장미를 보내주셔서 신품종 장미를 미리 만나보는 기쁨도 맛볼 수 있었다. 심지어 아직 이름이 없는 꽃의 이름을 지어보라고 하셔서 '비포선셋'과 '바닐라라떼'라는 이름을 지어보는 즐거움까지 누렸다. 그러고 보면 나는 꽃 선물을 넘치게 받고 있는 셈이다.

꽃시장은 늘 계절을 한 발짝 앞서간다. 바깥은 겨울인데 시장 안에는 벚꽃과 매화나무, 설유화에 꽃이 흐드러지게 피어 있고, 아직 8월인데도 벌써 가시 박힌 밤나무가 나와 있다. 11월이 되면 이미 크리스마스 분위기가 물씬하다.

계절을 앞서가는 재미에 더해 가끔 시장이 맛있을 때도 있다. 요즘은 온갖 베리들이 소재로 나오지만 그런 소재가 없던 시절이 있었다. 그때 시장 사장님께 딸기 같은 베리 종류를 구해 달라고 요청을 드렸다. 몇 번 말씀드렸더니 어느 날 딸기를 가져다주셨고, 그 이후로는 봄마다 딸기를 만날 수 있게 되었다. 때로는 앙증맞은 꽃이 달려 있고 물에 꽂아둔 가지에서는 연둣빛 열매가 달콤한 향을 풍기며 붉게 익어가기도 한다.

언젠가는 소재 집 앞을 지나가는 길에 본 빨간 열매가 예쁘기에 "한 단만 주세요" 했더니 가지를 통째로 건네며 맛을 보라고 하신다. "먹어도 돼요?" 하며 열매를 입에 넣었더니 시큼새콤하다. "어머, 한 단 더 데려갈래요." 그렇게 맛있어서 한 단 더 데려온 앵두나무를 물에 꽂아두고 열매가 빨갛게 익기를 기다렸다가 언니네 집에 한 움큼, 수업 시간에 간식으로 한 움큼, 친구에게는 가지 하나를 통째로 선물했다. 나의 사소한 즐거움….

가을에는 감이다. 떨떠름하던 열매가 가지에 매달린 채로 익어가서 어느 순간 맛을 보면 달콤하다.

"감, 맛있던데요?"

"어머, 드셨어요? 다음에는 먹을 수 있는 걸로 따다 드릴게요. 그거 드시지 마세요."

어떤 때는 나무에 매달린 키위를 만나기도 한다. 키위는 시큼해서 먹을 수 없었지만 잘 익은 사과는 맛있을 때도 있다. 또 먹을 수는 없어도 귀여운 여우얼굴도 만날 수 있는 계절…. 가을은 맛있다.

봄에 가끔 등장하는 아티초크를 보면 먹어도 될까 하는 생각이 든다. 하지만 여전히 요리법을 모르니 엄두가 나지 않는다. 초여름의 토마토 가지에서 나는 향은 몹시도 싱그러워서 만나면 데려오게 된다. 작고 노란 꽃이 핀 토마토라니, 사랑스러워라.

가을 초입에 나오는 미니 호박은 모양도 색깔도 귀여운 가을빛이다. 한번은 영국에서 온 종자로 재배한 핑크 펌프킨이 나왔는데, 수프를 만들면 그렇게 맛있다는 얘기를 들려주셨다. 나의 호박은 관상용으로 끝나버렸지만 수업을 듣는 Y는 집으로 가져가서 된장찌개와 수프를 해 먹었다. 어머니 손끝에서 탄생한 수프가 너무 맛있었단다. 이듬해에 그녀의 어머니가 그 호박의 씨앗으로 다시 호박을 키우셔서 제일 예쁜 아이를 골라 보내주셨다. 호박이 다시 호박이 되어 돌아온 그날의 감동은 가을이 되면 꺼내보는 마음 따뜻한 추억이 되었다.

인연

2010년 깊어가던 가을날, 블로그에 실크플라워를 주문할 수 있냐는 짧은 메시지가 날아왔다. 사실 개인적으로는 살아있는 꽃을 선호하는지라, 아주 가끔 조화와 관련된 문의가 들어오면 조심스레 다른 곳을 알려드리곤 했다. 그런데 어쩐 일인지 이번에는 마음이 동해서 주문이 가능하다는 답장을 흔쾌히 남기고는 노트북을 닫으려는 찰나 다음 메일이 도착했다. 성격이 급하다는 그녀와 오밤중에 거의 두 시간이 넘도록 메일과 쪽지를 주고받으며 디자인을 정하고 작은 부케를 하나 만들어 보내주기로 했다. 그것이 인연의 시작이었다.

앤티크 딜러인 그녀와는 그날 이후 한동안 밤마다 연애편지를 주고받듯 서로의 블로그를 오가며 수다가 계속되었다. 그녀는 가끔씩 실크플라워로 만든 부케나 리스, 헤드 드레스 등을 주문했다. 즐거운 마음으로 작업을 해서 보내기도 하고, 어느 날은 앤티크 소품이 예뻐서 내가 주문을 하기도 했다. 이후 내 작업실에 프랑스에서 온 그린 테이블이나 새장, 보석함, 빈티지 체어 등이 들어오기 시작했다.

서로 사는 곳이 멀지 않으면 당장 만났을 법도 하지만, 나는 서울에 살고 그녀는 강릉에 살았다. 물리적인 거리도 멀긴 하지만 서로 바쁘다 보니 아직까지 전화 통화도 한 번 한 적 없고 얼굴을 마주한 적도 없다. 그저 블로그를 통해서 서로의 근황을 확인하고 안부를 전하는 게 전부다.

그렇게 시작된 인연으로 결혼식을 앞두고 셀프 야외 촬영을 하기로 한 나에게 그녀는 선뜻 드레스를 빌려주겠다고 했고, 앤티크 드레스를 보내왔다. 드레스가 도착하는 날, 마음이 어찌나 설레던지. 결혼식에 입을 심플한 드레스를 파리에서 사 오는 바람에 '드레스 같은 드레스'는 결국 입어보지도 못하겠구나 하고 조금 아쉬운 마음이 들었는데, 덕분에 그 마음도 사라져버렸다. 지금 생각해도 미소가 지어질 만큼 고마운 일이었다.

어릴 때부터 넓은 인간관계보다 좁고 깊은 인간관계를 좋아해서 불특정 다수를 만나는 플라워 숍보다는 특정 소수를 만날 수 있는 지금의 작업실 형태를 고수하고 있다. 그러다 보니 꽃을 통해서 만난 사람이나 수업을 듣는 학생과의 만남이 특별한 인연으로 이어지는 경우가 종종 있다.

"선생님을 처음에 어떻게 찾았는지 모르겠어요. 아무리 생각해도 기억이 안 나요."

꽃 수업을 하다 보면 유독 가까워지거나 마음이 잘 맞는 학생이 있기 마련인데, 서로의 처음이 언제 시작되었는지 기억이 잘 나지 않을 때도 많다. 워낙 마케팅, 홍보 이런 활동에 재능이 없고 작업실도 숨어 있다시피 한 터라, 찾아오는 학생들을 보면 신기했다. 지금은 몇 권의 책도 출간했고, 매체를 통해 소개되기도 했지만 예전에는 정말 '어떻게 찾았을까' 싶었다.

인터넷을 검색하거나 잡지나 책을 통해서, 혹은 전에 수업을 들었던 친구나 누군가의 추천을 통해서 찾아오는 인연. 그렇게 시작되는 인연들은 너무도 소중해서 보떼봉떼라는 작업실을 시작한 이래 가장 소중한 재산이 되었다. 작업실을 얻기 전에 주저 없이 공간을 내주었던 단골 카페 주인과 나에게 처음 꽃을 배웠던 나의 친구. 그리고 공식적인 첫 학생이었던 그

친구로부터 시작된 소중한 인연들이 줄줄이 이어졌다.

물론 다양한 사람들을 접하다 보면 마음이 상하는 경우도 생겨서, 이따금 크고 작은 사건도 일어난다. 한쪽에 꽂아둔 포트폴리오가 어느 날 보이지 않기에 작업실을 샅샅이 뒤졌는데도 도통 눈에 띄질 않았다. 작업실 밖으로 가지고 나간 적도 없고 분명 며칠 전까지도 그 자리에 있었는데 이상했다. 아무리 찾아도 찾을 수가 없어서 울상을 짓고 있는데, 옆에 함께 둔 노트도 없다. 파리에서 꽃 수업을 들을 때 필기한 노트와 그것과 똑같은 새 노트가 함께 사라졌다.

의심하고 싶지 않지만 누군가 가져간 게 틀림없는데, 그동안 드나든 사람이라고는 학생들뿐이다. 생각도 하기 싫었지만 두 명의 학생이 후보로 떠올랐다. 너무나 당황스러웠다. 포트폴리오야 다시 만들면 그만이지만 파리에서 쓴 노트는 다시 만들 수 없었다. 현장감이 가득한 필기에다 온갖 낙서에 개인적인 메모까지 적혀 있는 나의 소중한 노트. 시일이 지나면서 범인이 누구인지 알게 되었다. 그렇다 해도 물리적인 증거는 없으니 내놓으라고 할 수도 없는 일. 그 이후로 한동안 포트폴리오를 다시 만들 의욕도 생기지 않았다.

드물게 한 번씩 얼굴을 마주하면 불편해지는 사람들도 등장한다. 디자인을 카피하기도 하고, 없는 이야기를 지어내는 사람도 있고, 나에게 꽃을 몇 년간 배우고는 안 배운 척하거나 혹은 만난 적도 없는데 보떼봉떼에서 꽃을 배웠다고 말하는 사람도 있다. 예전에는 상처도 많이 받았지만 세상은 넓고 이상한 사람도 많으니 지금은 그러려니 한다. 누군가를 미워하는 데 에너지를 쏟는 건 너무 소모적이니까. 그리고 그보다는 주변에 좋은 사람들이 더 많음에 감사하며 그들에게 더 잘해야겠다고 다짐하게 된다.

주말 내내 같이 수업을 듣던 친구들이 어느 날 나란히 결혼 소식을 전해오더니 얼마 후 아기가 생겼다는 기쁜 소식을 차례로 들려주기도 했다. 수업 중간에 파리에서 꽃 수업을 듣고 온 S는 배가 제법 나와 있었다. 추운 날씨에 입덧으로 고생했다는데, 그래도 얼굴이 좋아 보여서 다행이었다.

처음 만날 때는 싱글이었는데, 결혼을 하고 아이를 낳고, 그 아이가 중학교에 들어가는 시간 동안 하고 싶은 일을 찾아 밸런스를 너무나 잘 맞추며 행복하게 살고 있는 그녀와의 인연도 소중하다.

십여 년 전 주말마다 꽃 수업을 들으러 오던 정말 발랄하던 D는 올 가을이면 뉴욕에서 엄마가 된다. 그녀의 동생 R은 배 속에 아기가 있을 때 작업실을 처음 찾았는데 지금은 그 아이가 여덟 살이 되었다. 그런가 하면 취미로 잠깐 꽃을 배워서 만남의 시간은 짧았지만 한참 만에 만나도 대화가 즐거운 K. 그녀는 지금 포틀랜드에 살고 있지만, 다음 만남이 기다려진다. 역시나 꽃을 배운 시간은 길지 않았어도 십 년이 훌쩍 넘는 시간 동안 계절에 한 번은 만나고 만날 때마다 마음이 무척 편한 친구도 여럿 있다.

꽃 수업을 들으러 왔던 첫날의 표정이 아직도 눈에 선한데 지금은 본인의 플라워 숍을 잘 운영하고 있고, 도움이 필요할 때마다 신나게 달려와서 도와주는 S, 늘 고마워.

딸과 함께 처음 꽃을 배우시고, 그다음에는 동생과 함께 수업을 듣다가, 수업에 못 오시는 지금은 일주일에 한 번 작업실에서 꽃을 찾아가시는 분도 있다. 준비해 드리는 꽃을 항상 예뻐해주시고 잘 보살펴주셔서 늘 감사한 마음이 든다.

역시 꽃 수업으로 만나 취향과 성향이 잘 맞는 그녀와는 여행을 같이 가는 사이로 발전했다. 가끔은 여행에서 한 침대를 쓸 정도로 가까워졌다. 그런가 하면 내 조카가 태어난 해에 처음 만나 그 아이가 중학생이 되는 동안 주말을 함께하며 작업실의 선물요정이 된 친구도 있다. 주말에 KTX를 타고 서울로 오는 일이 쉽지 않다는 걸 알기에 늘 고맙고 반갑다.

꽃을 시작할 때는 과도한 업무로 인한 번아웃을 극복하기 위해서 찾아왔는데 어느덧 8년이 훌쩍 흘러 취미가 삶의 일부가 되어버린 Y, 반면에 꽃집을 열 목적으로 수업을 들으러 왔

지만 지금은 마음 편히 취미로 꽃을 하시는 분도 있다. "정원이 있는 작업실을 갖고 싶다"는 로망을 이루고는 다시 취미로 꽃 수업을 들으러 오는 M, 아이들의 심리를 어루만지는 일을 하며 본인의 마음도 어루만지기 위해 시간이 날 때마다 수업에 오는 H. 구름 위를 날으며 일을 하는 S도 마음의 위안을 얻기 위해 작업실을 찾는다. 어느 날 도서관에서 나의 책을 읽고 작업실을 찾아왔던 J는 어느새 아기 엄마가 되었다.

처음 만났을 때는 말수도 적고 조용조용하던 친구들이 세월이 쌓이면서 조잘조잘 말을 건네는 걸 보면 귀엽기도 하고, 몇 년 만에 다시 수업을 들으러 왔는데 예전에는 몰랐던 모습을 알게 돼 한층 더 가까워지기도 한다. "이렇게 말을 잘하시는 줄 몰랐네요. 책 얘기며 영화 얘기가 너무 잘 통하잖아요."

이렇게 여러 인연을 만나 시간을 보내다 보니 어느덧 1년, 3년, 5년, 10년을 훌쩍 넘겨 이제는 정말 친구 같은 사이가 되어 내 인생의 너무나 소중한 한 부분이 되어간다. 항상 밝고 건강한 에너지를 나누어주고 가는 분도 있고, 나는 못 보는 다른 시각으로 꽃을 바라봐서 새로운 인사이트를 주는 친구도 있다. 꽃을 너무너무 좋아하는 게 보여서 '이 친구라면 정말 꽃을 해야겠다' 싶어서 어떻게든 잘할 수 있게 도와주고 싶은 이도 있다.

혹은 작업실에 와서 취미로 꽃을 배우며 새로운 길을 찾아

나서는 친구들도 있다. 일상에서 벗어나 무언가 새로운 걸 배우면서 지금껏 자신이 알던 세상과 다른 세상을 발견하고, '지금과는 다른 방법으로 살아갈 수도 있겠구나' 하는 생각을 했다고 한다.

단순한 힐링을 넘어 삶에 영향을 준다는 것에 크나큰 책임감을 느낄 때가 있다. 하지만 부담감을 내려놓고 그들과 함께하고 싶다. 지금처럼 예쁜 꽃을 준비하고 좋은 음악을 틀고 향긋한 차를 내리고 수업을 준비하면 되는 게 아닐까. 지금 내 자리에서 최선을 다하면 되는 게 아닐까.

세상 모든 일은 서로 영향을 미치게 마련이다. 보떼봉떼에서의 경험이 인생을 더 재미있는 길로 이끌어주면 좋겠다. 누군가 새로운 인생을 모색하는 데 시발점이 된다는 것은 무겁지만 가슴 두근거리는 일이다. 언제나 그렇듯 인연을 소중히 여기며 잘 살아야겠다는 결론에 이른다.

직업병

겉으로는 화려하고 아름답게 보일 수 있으나, 사실 파티나 행사 스타일링을 하는 플로리스트는 뒤로 들어가서 뒤로 나오는 직업이다. 몇 시간의 행사를 위해 하루 이틀 밤을 꼬박 지새우는 일은 다반사다. 그러고도 다른 사람들의 눈에 띄지 않게 뒷문으로 들어가서 최고로 화려하게 꾸며놓고는 조용히 퇴장한다. 예를 들어 백화점 디스플레이를 한다고 하면, 백화점이 문을 닫는 저녁 9시부터 다음 날 오픈 전까지 완벽하게 세팅을 끝내야 한다. 호텔 로비에 꽃을 꽂는다면 투숙객들이 잘 드나들지 않는 밤 시간 혹은 이른 아침 시간을 이용해 순식간에 해치워야 한다.

요즘에는 호텔마다 직영 플라워 숍이 있어서 내부에서 꽃을 관리하지만, 예전에는 외부 업체가 호텔 로비나 엘리베이터 홀, 데스크의 꽃을 디자인하고 관리하는 경우가 많았다. 이때는 꽂아둔 꽃들의 상태를 확인하고 시든 꽃이 있나 살펴보고 물을 보충해 주러 매일 호텔에 들르는 일도 일과에 포함된다.

꼭 큰 행사를 맡지 않더라도 몸을 쓰는 일은 많다. 일단 꽃이 무겁다. 그래서 꽃시장에는 구입한 꽃을 주차장에 있는 차 혹은 택시까지 운반하는 일을 전문으로 하는 분들도 있다. 꽃이 무거우니 거기에서 나오는 쓰레기는 또 어떨까. 물기를 머금은 쓰레기들이 50리터 봉투를 채우는 건 순식간이다. 그걸 들고 가서 버리는 것도 일이다.

게다가 살아 있는 꽃을 다루니, 언제나 물과 함께할 수밖에 없다. 작은 유리 화기라도 물을 채우면 금세 무거워진다. 가벼운 플라스틱 통이나 틴이라 해도 물이 들어가고 거기에 꽃이나 나뭇가지가 자리를 잡으면 무게가 많이 나간다.

매일 물을 갈아주고 꽃을 다듬다 보면 웬만한 무게의 물건은 번쩍번쩍 들게 되고, 커다란 꽃다발이나 물을 한껏 빨아들인 플로럴 폼을 몇 장씩 화기에 넣어 운반하다 보면 플로리스트들의 팔 근육이 발달하는 건 시간문제다. 여기서 팔만 두꺼

워지면 그나마 다행인데 때때로 몸이 경고 신호를 보내오기도 한다. 그러나 일을 하다 보면 엄살을 피울 겨를도 없기에 무거운 것을 들어도 내 몸이 견디겠거니 하고 덥석덥석 들다 보면 어느 틈에 팔 인대가 늘어나고 어깨가 뭉치고 허리 통증에 시달리게 된다. 반복되는 가위질에 손목 인대가 나가서 한동안 일을 못하는 불상사도 생긴다. 늘 서서 일을 하니 다리도 퉁퉁 붓는 게 일상이다.

어느 날 남은 꽃을 정리하면서 가위로 가지를 자르고 있는데, 오른쪽 손목이 찌릿하며 전기가 오는 듯한 느낌이 들었다. '어, 왜 이러지?' 하며 당황했는데 며칠이 지나자 이번에는 통증이라고 말하기도 애매한 뭔가 불길한 느낌이 손목을 타고 올라오기 시작했다. 이제야 알게 됐지만, 이런 느낌이 오면 이미 빨간불이다. 이 상태를 대수롭지 않게 여기고 그대로 방치하면 잠도 못 이룰 정도로 통증이 심해진다. 신호가 오면 바로 병원으로 달려가야 한다. 나의 경우는 이대로는 안 되겠다 싶어서 병원을 찾았는데, 정형외과를 가야 할지 신경외과를 가야 할지조차 판단이 서지 않았다. 걱정되는 마음을 안고 일단 큰 병원을 찾기로 했다.

예약을 하고 마주한 젊은 의사에게 내 증상을 얘기했다. 그는 '뭐 그런 걸로 병원에 왔느냐' 하는 표정으로 "걱정돼서 예방 차원으로 온 거예요?" 하고 무뚝뚝하게 물었다. 그러더니 팔을 많이 사용해서 감기에 걸린 것과 비슷하게 염증이 생긴 거라면서 2주치의 약을 처방해주었다. 의사들은 팔을 잠깐 보기만 해도 염증이 있는지 아는 걸까? 염증이 나은 건지 원래 없었던 건지는 모르겠으나, 한참 후에 찾은 한방병원에서 혈액검사를 해도 염증은 발견되지 않았다.

그다지 성의 없는 2주치의 약을 처방 받고 사흘쯤 먹다가 나 역시 성의 없이 약을 끊어버렸다. 약의 주요 성분이 진통제였는지 약을 끊자마자 팔의 통증은 다시 시작되었고, 또 한참을 참다가 이번에는 한의원을 찾았다.

"어디가 아파서 왔어?"

"팔이 아파요. 가위질도 많이 하고 무거운 걸 많이 들어서 무리가 온 것 같아요."

"직업이 디자이너야?"

"플로리스트예요"

아름다움을 추구하는 직업을 가진 사람들은 아픈 곳도 비슷한가 보다. 그렇게 일주일에 서너 번 침을 맞고 물리치료를 받아가며 치료하던 중 이번에는 왼팔이 아프기 시작했다. 오른팔이 아프니 아껴줘야지 하면서 그동안 무거운 짐을 왼팔에게 맡겼더니 이 녀석도 힘들었던 모양이다.

다시 한의원을 찾았다.

"선생님, 이제는 왼쪽 팔이 더 아파요."

내 말을 들은 그는 대뜸 직업을 바꾸란다.

"주희 씨가 왜 계속 아픈지 아나?"

"아니요."

"팔자에 없는 일을 해서 그런 거요. 돈 많은 남자라도 소개시켜줄까?"

푸핫, 그건 아니에요. 팔자에 없는 일이라뇨, 무슨 말씀을.

팔이 쉬어야 나을 텐데 팔을 사용하지 않으면 할 수 없는 일이 너무나 많다. 일은커녕 젓가락질도 힘들 때가 허다하고, 운전을 한 시간 하고 나면 두세 시간 동안 꼼짝도 못하는가 하면, 통증이 어깨를 거쳐 목까지 올라오면 아파서 잠을 잘 수도, 옆으로 돌아누울 수도 없다. 내 나이가 몇인데 일을 얼마나 했다고 벌써 이러나 싶은 마음에 속상해서 엉엉 운 적도 여러 번이다.

그렇게 일 년이 넘도록 한의원을 다니면서 치료를 받았다. 물리치료에 테이핑 요법을 써서 하얀 테이프를 목부터 손목까지 감은 채로 아픈 티를 내며 다니기도 했다. 봉침을 맞고 효과가 좋기에 두 번째 맞았다가 팔이 풍선처럼 팅팅 부풀어 오르는 경험도 했다.

그렇게 팔이 아픈 나를 대신해서 시장에 함께 가주고 무거운 꽃을 들어주고 쓰레기봉투를 버려주는 가족들과 친구들

덕분에 상태가 꽤 호전되었다. '아, 이제 좀 나아졌나' 싶어 잠시 마음을 놓던 중 중요한 행사를 앞두고 무리해서 일을 했더니 다시 팔이 아프기 시작했다. 겨우 이틀이었는데!

그렇게 다시 한참을 고생하다 이번에는 한방병원에 다니기 시작했다. 또다시 가을부터 봄까지 세 계절 동안 침을 맞고 물리치료를 받고 다시 요가를 시작했더니 언제 팔이 아팠냐는 듯 회복되었다. 그 후로 필라테스를 시작하면서 많이 좋아졌지만 여전히 방심하고 무거운 걸 들었다 하면 손이 저리고 팔이 쑤신다. 목부터 손가락 끝까지.

불쌍한 나의 팔. 아무래도 일을 손에서 놓지 않는 이상 평생 안고 가야 할 모양이다.

진정한 플로리스트

"칼을 사용해야 진정한 플로리스트다."

"손을 한 번 잘라봐야 진짜 플로리스트가 되는 거야."

"양손으로 들기도 무거울 만큼 커다란 꽃다발을 만들 줄 알아야 진정한 플로리스트지."

이런 말들이 있다. 플로리스트들 사이에서 흔히 입에 오르내리는 말들이지만 참의미를 생각해보게 된다.

사실 칼이건 가위건 본인이 편한 도구를 사용하면 된다. 다만 꽃들이 칼을 더 좋아하긴 한다. 줄기를 자를 때 가위는 양쪽으로 힘을 가하기 때문에 물관이 눌리게 되는데, 눌려야 얼마나 눌리겠냐마는 줄기가 워낙 가늘다 보니 작은 힘이라도 꽃에게는 크게 전달될 수 있다.

그래서 칼로 한 번에 잘라주면 물관의 통로를 확보해주어 꽃이 물을 더 잘 흡수하게 되니, 싱싱한 상태로 유지하는 게 좀 더 수월해진다. 장미 가시를 제거할 때도 보통 사용하는 기구를 사용하는 것보다 칼을 쓰게 되면 줄기의 손상을 줄일 수 있다. 다친 곳이 없으면 그만큼 꽃이 편안한 상태로 있게 되므로 수명에도 영향을 미치는 것이다.

하지만 칼을 쓰고 싶은데 무섭다면 굳이 무리할 필요는 없다. 매일 힘들게 긴장하며 칼을 사용하는 것보다 꽃을 소중히 여기는 마음으로 잘 다듬고 보살펴주면 분명 꽃들도 그 마음을 알아차릴 테니…. 그리고 잘 드는 가위를 사용할수록 물관이 덜 눌리니, 좋은 가위를 사용하는 것도 방법이다.

항상 가위나 칼과 함께하는 직업이다 보니 일을 하다가 손을 다치는 것은 너무나 자연스러운 일이다. 가시에 긁히고 찔리는 건 보너스랄까? 하지만 사람마다 성격의 차이도 있다. 누군가는 일의 속도가 너무 빨라서 손도 자주 다치고, 누군가는 느긋하고 침착해서 그만큼 다치는 일도 적다.

꼭 급한 성격이 아니더라도 정신없이 일을 하다 보면 칼로 장미 가시를 훑어내다가 아무 죄도 없는 왼쪽 집게손가락과 엄지손가락 사이를 가르기도 하고, 벚나무 가지를 잘라내려다 가지를 잡고 있는 손가락을 같이 자르기도 한다. 어느 순간 정신을 차리면 가위가 손톱을 파고들고 있는 아찔한 상황과 맞닥뜨릴 때도 있다. 그럴 때면 정말 한줄기 식은땀이 흐른다.

그러니 앞서 플로리스트들 사이에 떠도는 말의 뜻은, 손을 다칠 정도로 열중해서 일을 하다 보면 진짜 플로리스트가 된다는 말이 아닐까? 꼭 손을 잘라봐야 하는 건 아니니 우리의 손은 소중하게 지켜주자.

파리에서 꽃을 배우던 시절에 자그마한 체구의 선생님이 자기 몸보다 더 큰 부케를 뚝딱 만들어내곤 했다. 그걸 보면서 "와~!" 하는 감탄사가 절로 나왔다. 입을 다물지 못하는 나에게 그녀는 "파리에서는 이렇게 큰 꽃다발도 만들어내야 진짜 플로리스트라고 인정을 받아"라며 싱긋 웃었다. 그러면서 꼭 커다란 부케를 만들어야 한다는 뜻이라기보다 작든 크든 사이즈에 상관없이 다양한 스케일을 오갈 수 있는 실력을 갖추어야 한다는 의미라고 설명을 덧붙였다. 그렇지. 할 줄 알면서 하지 않는 것과 못해서 안 하는 것과는 차이가 있을 테지.

커다란 부케는 누가 만드는 걸 보는 것만으로도 즐겁지만, 직접 만들 때는 카타르시스 같은 감정이 올라와 마치 숲속에 있는 듯 종일 기분이 상쾌해진다. 너무나 즐거운 작업 중 하나랄까.

타인의 취향

지금이야 동네마다 예쁜 플라워 숍이 넘쳐나고, 플로리스트가 친근한 직업이 되었지만 처음 꽃을 시작했을 때만 해도 직업이 '플로리스트'라고 말하면 열에 아홉은 고개를 갸우뚱했다. 그리고 중간에 파리에서 공부하고 온 후에는 '프렌치 스타일'이라고 하면 낯설어하는 사람들이 대부분이라 주변에서 걱정을 많이 했다. 유동 인구가 많은 곳에서 로드 숍을 하는 것도 아니고, 마케팅이나 홍보에 능숙하지도 않은 데다, 간판도 없는 작업실에서 사람들을 가르친다고 하니 걱정이 앞섰던 모양이다. 아직 우리나라에는 '프렌치 스타일'이 대중적이

지 않으니 좀 더 현실과 타협하는 게 어떻겠냐는 조언도 많이 들었다.

하지만 나는 내가 하고 싶은 꽃을 하고 싶었다. 일 년간 파리에서 생활하며 배운 것들, 그 새로움을 놓고 싶지 않았고 내가 받아들이고 느낀 대로 표현하고 싶었다. 몇몇 친구들의 걱정을 뒤로하고 지금껏 고집을 부린 결과는, '그래도 괜찮다'.

흔들리지 않고 내가 가진 색을 조금씩 다듬어가다 보면 손끝에서 만들어지는 작은 센터피스 하나에서도 나만의 스타일이 완성된다. 그 사람만이 보여줄 수 있는 고유의 느낌이 표현되는 것이다. SNS의 수많은 이미지 속에서도 '아, 이건 ○○이 한 거구나' 하고 금방 알아챌 수 있게 하는 나만의 힘이 길러진다.

모든 이의 취향이 같으면 얼마나 재미없는 세상이 될까. 취향이 없는 것이 문제지 다름은 전혀 문제 될 게 없다. 어느 분야든 디자이너로서 흔들림 없이 중심을 잡는 건 꼭 필요한 일이다.

개인의 취향

가끔 사람들이 물어본다.

"제일 좋아하는 꽃이 뭐예요?"

그럼 나는 망설임 없이 대답한다.

"아이리스요!"

"왜요?"

글쎄, 좋아하는 데 이유는 없으니까.

꼬꼬마 때부터 제일 좋아하는 꽃은 아이리스다. 세상에 예쁜 꽃은 수없이 많은데, 생각해보면 예쁜 꽃을 다 좋아하는 건 아닌 것 같다. 분명 예쁘다고 생각하는 꽃과 특히 마음이 가는 꽃은 다르다. 이를테면 취향의 문제다.

무궁무진하게 로맨틱한 세계를 가진 라넌큘러스는 거부할 수 없이 사랑스럽고, 작약은 5월의 신부가 되고 싶은 로망을 품게 될 만큼 아름답다. 하지만 나에게는 마음보다 눈에서 더 예쁜 꽃이다. 그래 봐야 마음이 기우는 차이는 1퍼센트 정도겠지만.

봄의 꽃시장에 작약이 만발하면 이 집 저 집에서 작약을 권한다. 그럴 때마다 씩 웃으면 "참, 자긴 작약 안 좋아하지? 희한해" 하며 그분도 웃는다. 반면에 잠깐 시장에 나오고 수명도 짧은 아이리스가 한쪽에 놓여 있으면 "아! 너무 예쁘다" 하는 말이 절로 터져 나온다. 좋아하는 꽃은 꼭 사용할 데가 없어도 나를 위해 한 단씩 데려온다.

아이리스, 진저, 이른 봄의 스노드롭, 포피(양귀비), 팬지, 초콜릿 코스모스, 프리틸라리아, 클레마티스와 클레마티스의 시드, 헬레보루스, 스위트피 그리고 꼬불꼬불한 덩굴들과 하늘거리는 초록색 풀들이 좋다.

그리고 초록 잎사귀인 셀럼 줄기를 자를 때 나는 상쾌한 향, 바질 잎사귀의 향기, 오엽송의 잎사귀 끝에서 나는 소나무의 깊은 향, 스모크트리 줄기에서 퍼지는 숲의 향기, 메리골드 잎사귀에서 나는 달달한 향도 좋아한다.

그러나 취향은 변하기도 하고 폭이 넓어지기도 해서 평소에는 그다지 예뻐 보이지 않던 개미취의 예쁨을 새로 발견하기도 하고, 특별히 마음에 쏙 들어오는 작약도 있고, 어떤 라넌큘러스는 눈에 밟혀 집에 데려오기도 한다. 같은 리시안셔스인데 목이 굽어 있어서 평소보다 매력적으로 다가오기도 한다.

앞으로는 또 어떤 꽃의 새로운 매력을 발견하게 될까. 나도 궁금한 나의 취향.

여름꽃과 겨울꽃

여름과 겨울. 계절을 앞서가는 꽃시장에서는 6월부터 여름꽃들을 만날 수 있고, 11월이 되면 겨울꽃들이 시작되고, 1월이 되면 개나리와 목련이 나오기 시작한다.

요즘에는 일 년 내내 꽃의 가격 편차가 예전만큼 크지는 않지만 그래도 꽃 가격이 가장 비싼 시기는 11월부터 2월이다. 그리고 점차 가격이 안정되다가 5월달 어버이날이 다가오면 다시 쑥 올라간다. 그리고 여름이 찾아오면 다시 살짝 내려가는 게 보통인데, 이것도 날씨 등의 영향을 받아서 비가 너무 많이 오거나 폭염이 기승을 부리면 그렇지도 않다. 수요와 공급에 따라 결정되는 게 가격인지라 월요일과 수요일의 가격이 다르고 새벽과 늦은 아침이 다르다. 모든 것이 살아 숨 쉬는 꽃 시장의 원리랄까.

그래도 대체적으로 여름과 겨울의 꽃 가격은 차이가 있다. 어느 날은 꽃 값이 너무 저렴해서 이렇게 받아서야 농장에서 일하는 분들의 인건비나 나올까 싶을 때도 있고, 또 어느 날은 너무 비싸서 10만 원에서 20만 원까지도 예산을 초과하는 경우가 있다. 이럴 땐 꽃을 파시는 분들도 미안해할 정도다.

하지만 너무나 정직하게도 꽃의 컨디션과 아름다움은 가격에 비례한다. 겨울에 일주일씩 예쁘게 피어 있는 장미가 여름철에는 사나흘 만에 고개를 푹 숙이기도 하고, 여름에는 나흘이나 닷새 정도 생생한 리시안셔스가 겨울에는 열흘이 지나도 끄떡없는 경우도 있다. 그러니 집에서 두고 볼 꽃을 구매한다면 겨울에는 일주일에 한 번 구매할 가격으로 여름에는 두 번을 구입할 수 있는 셈이다. 그리고 "여름꽃은 오래 못 가요"라는 말을 들을 때도 많지만, 제철 과일이 있듯 제철 꽃도 있다. 이를테면 여름꽃은 더위에 강한 편이라 관리만 잘 하면 오래 볼 수 있다.

플로리스트로 일하면서 가장 속상한 순간은 사람들이 디자인의 가치보다 꽃의 원래 가격, 즉 원가를 따질 때다. 꽃다발을 사러 와서 "이 꽃, 시장에서 사면 얼마밖에 안 하는데 왜

이렇게 비싸요?"라고 묻는 손님에게는 "그럼 꽃시장에 가서 직접 사서 만드세요"라는 말이 목구멍까지 나오는데 꾹 참는다는 얘기를 종종 듣는다. 꽃을 주문하면서 "저도 꽃시장에 자주 가는데요"라는 말로 시작하면, 가격을 얼마에 해달라는 얘기일까 싶어 궁금해지곤 한다.

꽃시장이 전문화된 다른 나라와 달리 우리나라는 일반인들도 꽃 도매 시장에서 꽃을 살 수 있다. 아침 꽃시장에는 굳이 꽃과 관련된 일을 하지 않더라도 개인적인 목적으로 꽃을 사러 나온 사람들을 종종 볼 수 있다. 꽃시장이 방송에라도 한 번 나오면 구경하러 오는 사람들이 더 많아지고, 휴일에는 한가롭게 데이트하는 연인들도 심심치 않게 볼 수 있다. 그러다 보니 꽃의 도매 가격을 잘 알고 있는 사람들도 간혹 만나게 된다.

꽃시장에서 파는 꽃 가격과 플라워 숍에서 파는 꽃 가격을 비교한다는 건 밀가루의 가격과 빵집에서 파는 맛있는 바게트의 가격, 옷감의 가격과 멋지게 디자인된 원피스의 가격을 비교하는 것과 다르지 않다. 게다가 커피, 빵, 식료품 등의 물가 상승률은 민감하게 인식하는 데 비해 꽃다발 가격에 대한 인식은 20년 전과 크게 달라지지 않았다. 그러니 도매 시장의 꽃과 부자재 가격의 상승률이 모두 플로리스트에게 전가되는 경우가 많아서 속상하다. 물론 요즘은 플로리스트에 대한 인

식도 높아지고 있어서 예전보다 상황이 나아지고 있긴 하다.

플라워 숍에서 구입하는 꽃다발 하나에는 새벽 시장에서 꽃을 골라 차에 싣고 숍에 도착해서 다듬고 물을 올리는 과정과 전문적인 손길로 부케 하나하나를 디자인하는 수고와 포장 비용까지 포함되어 있다. 꽃뿐만 아니라 전문가의 손길이 필요한 모든 것이 그렇지 않은가? 꼭두새벽부터 반죽을 준비해서 구워내는 빵이나 새벽 시장을 돌며 그날의 신선한 재료를 골라 만드는 요리들도 마찬가지다.

빵이나 음식과 차이점이 있다면 꽃다발은 눈앞에서 만들어지는 모습을 볼 수 있다는 것이다. 디자인에 따라 다르지만 숙련된 플로리스트가 꽃다발을 잡는 시간은 10분에서 20분 남짓이다. 아주 빠르게 한다면 20분에서 25분 안에 포장까지 마칠 수 있다. 그러다 보니 그 모든 과정이 별 대수롭지 않게 보이기 십상이다. '아, 꽃은 예쁘니까. 그냥 모아 잡으면 되잖아. 쉽네'라고 생각할 수도 있는 것이다. 하지만 꽃다발 하나를 만들기 위에 꽃을 고르고(이 부분이 가장 어렵다. 디자인의 70퍼센트 이상이라고 할 만큼) 10분 안에 꽃다발을 완성도 있게 만들어내기까지 이 사람이 얼마나 오랜 시간 수련을 했을까, 디자인 감각을 키우기 위해서 얼마나 노력을 했을까, 얼마나 많은 꽃다발을 만들어봤을까, 꽃다발을 사러 오는 분들이 그런 부분까지 헤아려주면 참 좋겠다.

꽃시장의 꽃들도 키우는 손길에 따라 모양이 제각각이다. 예를 들어 같은 스카비오사라 해도 농장이 위치한 자리나 꽃을 키워내는 사람에 따라서 꽃의 모양이 달라지는 게 재미있다. 바람이 다르고 빛이 다르고 토양이 다르고 결정적으로 꽃을 키워내는 농부의 손길이 다르다. 유난히 예쁘고 잘생긴 스카비오사를 보면서 예쁘다고 감탄하면 꽃시장 사장님은 이런 말씀을 하신다.

"이 농장은 어쩜 이렇게 꽃 농사를 잘 짓는지 모르겠어. 다른 농장의 스카비오사하고는 비교가 안 되게 예쁘죠?"

당연히 그렇게 잘생긴 스카비오사라면 가격도 더 비싸지만 그 차이가 전혀 아깝지 않다. 게다가 나에게도 정원이 생겨서 꽃을 직접 키워보니, 꽃을 예쁘게 키워내는 게 얼마나 정성을 기울여야 하는 일인지 알게 되었다. 직접 경험해보고 제대로 뭔가를 하려면 무엇이든 쉬운 일이 없는 거다.

플라워 숍에서 꽃다발 하나를 사는 것은 예쁜 꽃을 키워내기 위한 농부들의 손길과 노력, 도매 시장 상인들의 노동력, 플로리스트의 시간과 정성과 디자인의 가치를 사는 것이다. 꽃다발 하나에는 눈에 보이지 않는 이 모든 것들이 포함되어 있다는 걸 좀 더 많은 사람들이 알아주면 좋겠다.

두 번째 작업실을 찾아서

첫 번째 작업실에서 네 번째 해를 지내고 이제 조금 분위기를 바꿔볼까 하는 생각이 들어서, 새로운 작업실을 찾아 나섰다. 처음 시작할 때와 달리 주변 환경이 북적이게 되면서 좀 더 조용한 곳으로 가고 싶어졌다. 아예 다른 동네로 옮겨볼까 잠시 고민했지만 아직은 친구들이 있는 홍대 근처에 머물기로 했다. 지금 작업실과 멀지 않으면서 조용한 곳을 찾았는데, 역시나 쉽지 않았다.

꽃 작업실을 하려면 우선 물이 필요하고, 무거운 짐을 날라야 하니 2층이거나 그 이상이면 엘리베이터가 있어야 한다. 주차 문제도 해결되어야 하고, 겨울에도 따듯해야 하니 바닥 난방시설이 되어 있으면 좋겠고, 꽃들을 위해서 통풍이 잘 되고 빛도 잘 들어야 한다. 이왕이면 오래된 건물을 선호하지만 그렇다고 너무 집 같은 분위기는 아니었으면 싶고, 딱딱한 사무실 같은 분위기도 꽃 작업과는 어울리지 않는다. 밤늦게 일하는 날도 많으니 외진 곳은 피하고 싶다. 작업실이긴 하지만 학생들이 찾아오기에 불편함이 없어야 한다. 그리고 무엇보다 공간에 손을 댈 수 있는 곳이어야 한다. 당연히 가격대도 맞아야 하고….

이렇게나 요구 사항이 많으니 공간을 찾아보기도 전에 아예 고개를 절레절레 흔들며 그런 곳은 없다고 딱 잘라 말하는 부동산도 있다. 살을 에는 추운 날씨에 발품을 팔며 몇 군데를 보러 다니다가 마침내 무척 마음에 드는 곳을 발견했다. 그런데 월세가 비쌌다.

구조며 채광이 마음에 드니 '어떻게 하면 돈을 많이 벌 수 있을까' 궁리하다가 잠이 들었다. 아침에 눈을 뜨자마자 밀려오는 월세의 압박감에 마음을 접고 다시 찾아 나섰다. 위치가 괜찮으면 수도가 없었다. 아니면, 그저 네모반듯한 사무실 형태였다. 그런 곳에서는 도저히 그림이 그려지지 않는다. 어떤 곳은 너무 넓어서 혼자 쓰기에는 감당이 안 될 것 같았다.

답답한 마음에 첫 작업실을 구했던 부동산의 문을 두드렸다. 얼굴을 삐죽 내밀자마자 부동산 사장님이 "어, 주희 씨?" 하며 이름까지 불러준다.

"왜? 작업실 옮기려고? 지금보다 넓은 데로?"

"어머, 어떻게 아셨어요? 이름까지 기억하고 계시네요?"

놀랍게도 4년이 지났는데도 내 이름을 기억하고 있던 그분은 두 군데쯤 괜찮은 곳이 있다며 내일 가보자고 했다. 약속 시간을 정하고, 왠지 나에게 딱 맞는 작업실을 찾아주실 것 같은 부푼 기대를 안고 돌아섰다.

다음 날, 부동산을 찾아가니 어제 얘기한 곳 중 한 곳은 그날 저녁에 계약이 끝났단다. 아마도 그곳은 나와 인연이 아니었던가 보다. 공간은 인연이 따로 있으니까. 부동산 사장님은 남아 있는 한 곳도 작업실로 쓰기엔 괜찮을 것 같다면서 보러 가자고 했다. 그리고 마침내 두 번째 작업실을 찾았다.

그곳은 큰길에서 가깝고 엘리베이터가 있고 주차장도 있으며, 빛이 잘 들고 무엇보다 커다란 창밖에 발코니가 있었다. 화장실도 실내에 있고 바닥 난방도 들어왔다. 콕콕 집어서 얘기한 것도 아닌데 내가 원하는 사양을 잘 챙겨주신 덕분에 단박에 작업실을 찾았고, 바로 다음 날 계약서에 도장을 찍기까지 일사천리로 계약이 마무리되었다.

그로부터 해야 할 일이 산더미처럼 다가왔다. 새로 이사할 작업실은 인테리어를 시작해야 했고, 기존의 작업실은 정리를 시작해야 했다. 갑자기 마음이 바빠졌다. 지금은 한집에 살고 있는 남편이지만 당시에는 남자친구였던 그와 함께 실측을 하고 인테리어 계획을 세웠다.

"우선, 페인트부터 사러 가자!"

작업실이 바뀌니 벽 색깔도 바꿔보고 싶었지만 보떼봉떼의 트레이드마크인 올리브그린을 대신할 만한 컬러는 떠오르지 않았다. 예전부터 항상 '나의 작업실' 하면 그린 컬러를 생각해온 탓인지 정이 들어버린 탓인지는 모르겠다. 역시 메인 컬러는 그린으로 정하고, 한 가지 색을 더 추가해볼까 하는 생각이 들었다. 평소 한 번쯤 칠해보고 싶었던 컬러는 짙은 노랑이나 블루였다. 녹색 페인트 통 곁에 놓여 있던 블루 페인트 통이 눈에 쏙 들어온다. 그렇다면 이번에는 그린과 블루를 메인 컬러로 하고, 바탕색은 클라우드 화이트로 해야겠다! 페인트를 조색해서 차에 싣고 오니 벌써 인테리어를 반쯤 끝낸 듯 신이 난다. 이제부터 시작인데 말이다.

남자친구가 주축이 되고 가족들까지 동원해 몇 날 며칠 페인트를 칠하고, 을지로와 동대문, 논현동을 오가며 바닥 공사를 하고, 가구를 고르고, 커튼을 맞추고, 조명을 달았다. 하나부터 열까지 핸드메이드 작업실이다 보니 주변 사람들을 고생

시켰다. 게다가 화기 때문에라도 유리가 워낙 많아서 포장이사를 하자니 조심스럽고, 작은 작업실에 짐이 있으면 얼마나 있겠냐는 생각으로 셀프 이사를 하기로 마음먹었다. 하지만 짐을 옮기기 시작하면서 내 생각이 크게 잘못됐다는 걸 바로 깨달았다. 급기야 한쪽은 블랙홀로, 다른 한쪽은 카오스 상태로 만들며 보는 사람들의 마음까지 심란하게 만들고 말았다. 이 조그만 작업실에서 짐이 끝도 없이 나오다니, 모두들 고개를 내저었다.

결국 이사 전날 밤을 꼬박 새우고 짐을 싸서 겨우겨우 이사를 마쳤다. 그런데 짐을 풀어놓고 보니 이제는 새 작업실의 짐 정리가 큰일이었다. 나흘 후면 수업을 시작해야 하는데, 그전에 끝낼 수 있으려나? 짐을 좀 줄여야겠다. 이 녀석들을 다 어디로 집어넣지? 고심하는 사이 하루가 지나고 이틀이 지났지만 큰 변화가 없어 보였다. 새 작업실을 들여다본 사람들의 입에서 나오는 건 한숨뿐. 하지만 모든 이들의 걱정 어린 눈빛을 뒤로하고 기적은 일어났다. 인테리어 디자인부터 페인트칠, 전기 공사에 짐 정리까지… 며칠 동안 집에도 못 들어가고 고생한 남자친구 덕분에 수업을 재개하기 전에 모든 일이 마무리되었다. 그는 정말 나에게 요술램프 속 지니 같은 존재다.

첫 작업실을 떠나는 아쉬움에 눈물이 핑 돌던 나는 하나둘

변해가는 새 작업실에 금세 마음을 빼앗기고 말았다. 그래서인지 언제 아쉬워했냐는 듯 가뿐한 마음으로 떠나올 수 있었다. 물론 문득문득 예전의 작업실이 그립기도 하지만.

그렇게 9년 동안 지속될 시간이 시작되었다. 겨울이 끝나가고 작업실 구석구석에 오후 햇살이 들어오면 마냥 좋았다. 한순간도 그냥 보낼 수 없어서 카메라를 들고 작업실 안을 수시로 돌아다녔다. 해가 지기 직전, 가장 눈부신 순간을 놓칠 수 없어서 작업실을 나서지 못했다. 지금 나가야 차가 막히기 전에 집에 도착할 수 있었지만 발걸음이 떨어지지 않았다. 결국 그렇게 지체하고 나면 막히는 도로를 뚫고 두 배의 시간을 차 안에서 보내야 했지만, 그래도 괜찮았다. 라디오에서 좋은 음악이 쏟아져 나오는 시간이니까 천천히 가도 상관없었다.

작업실을 옮기고 다시 찾아온 봄. 지난겨울 본격적으로 찬바람이 불기 시작하면서 안으로 들여놓은 화분들에게 봄이 되면 밖으로 풀어준다고 약속했다. 드디어, 약속을 지킬 순간이 왔다. 눈부신 3월의 햇볕을 쬐면 식물들이 얼마나 신날까. 엊그제 잔뜩 데려다놓은 로즈메리와 바질도 바지런히 화분에 옮겨 심어 밖으로 내놓고 대청소를 시작했다. 겨우내 꽉 차 있던 작업실이 비워지니 속이 다 후련했다. 당분간 여백의 미를 음미해볼 작정이다. 얼마나 지속될지 모르겠지만 말이다.

Fleurs de la Memoire
추억의 꽃

눈부신 날들

간혹 일에 지쳐 몸이 힘들거나 눈부신 날씨에 마냥 놀고 싶을 때도 있지만 문득문득 '이 일을 하지 않았으면 어쩔 뻔했나' 하는 생각이 든다. 팔이 저리고 다리가 쿡쿡 쑤셔도, 잠을 못 자 쓰러질 것 같아도 꽃들이 물을 잘 먹어야 내가 편하고 잠도 오는 것을….

이리도 예쁜 녀석들이 또 있을까 싶다. 그래서 내내 카메라를 들이대는가 보다. 어쩔 수 없이 꽃은 수명이 짧으니 시시각각 아름다운 모습을 고이 간직해두고 싶다. 생이 짧아서 더 아름다운 걸까, 그래서 활짝 피어 순간의 아름다움을 보여주고

가는 건가 싶다. 그런 생각을 하면 약간 슬퍼진다. 그렇지만 순간의 아름다움을 보며 근심 걱정을 다 내려놓는 이들이 있으니, 바꿔 생각하면 참으로 가치 있는 일생인 것 같기도 하다.

에쿠니 가오리의 『장미 비파 레몬』에 등장하는 에미코는 어렸을 때부터 꽃가게를 차리는 게 꿈이었다. 나도 그랬다. 학교에 들어가기 전부터 '나중에 행복한 꽃집을 해야지. 사람들에게 꽃으로 행복을 나눠줄 수 있는 그런 꽃집을 해야지. 꽃집 할머니가 돼야지'라고 생각했다. 나는 지금 어린 시절부터 막연하게 꾸던 꿈을 이뤄가고 있는 중인가 보다.

지금도 종종 듣는 질문은 "선생님은 어떻게 꽃을 시작하게 됐어요?"라는 것이다. 나 역시 플로리스트들을 보면 궁금하다. "당신은 어떻게 꽃을 시작하게 되었나요?"

나는 늘 "어렸을 때 꿈이었어요"라고 대답한다. 원하는 일은 언젠가는 꼭 이루어진다는 말을 나는 아직도 믿고 있다. 물론 간절한 바람 뒤에는 반드시 노력이 필요하다. 혼자 마음속으로만 간절히 원하는 건 소용없다. 복권에 당첨되기 위해서는 우선 복권을 사야 한다고 하지 않던가. 원하는 걸 이루려면 가능한 한 구체적으로 노력하는 게 중요하다. 주변에 소문도 내고 스스로 다짐도 하고 그 길에 다다르기 위해서 작은 노력이라도 꾸준히 하다 보면 길을 찾는 데 훨씬 도움이 된다.

유독 꽃을 좋아하는 친구를 둔 K가 어느 날 평생교육원에서 만났다는 플로리스트 언니들 얘기를 전해주었다. 그때만 해도 플로리스트라는 단어가 익숙지 않았는데, 내가 그 단어를 알게 된 게 그전부터였는지 그때가 처음이었는지는 기억이 흐릿하다. 친구는 자연스럽게 내 이야기를 했고, 언니들은 그럼 작업실로 한번 놀러 오라면서 명함을 건네주었다. 그 명함이 나에게 전해졌고, 무턱대고 찾아가는 게 조심스러워서 먼저 엽서를 한 장 보냈다. 뭐라고 적었는지는 잘 기억이 나지 않는데, 그 엽서를 보고 전화가 걸려 왔다.

가을이 시작될 무렵, 떨리는 마음으로 플로리스트의 작업실을 찾아갔다. 그날 이후로 틈이 날 때마다 찾아갔고, 일주일에 한두 번씩 회사 업무가 끝나는 대로 달려갔다. 가서 할 일이 있으면 거들고, 난생처음 꽃도 꽂아보고, 난도 심어보고, 플로리스트 언니들이 호텔에 꽃을 꽂으러 간다고 하면 따라갔다. 비가 오나 눈이 오나 일주일에 몇 번이라도 그곳에서 보내는 시간은 신나고 설레고 재미있었다.

가을이 가고 겨울을 보내고 봄이 왔을 때 드디어 아르바이트로 일하던 회사를 그만두고 정식으로 꽃을 만지기 시작했다. 막연하게 생각만 하던 일을 시작하게 됐을 때의 그 아침들은 지금 생각해도 찬란했다. 하고 싶은 일을 향해 한 발 내디딘 순간이었으니까. 너무 좋아서 꿈속 같았다.

FLORA
SYNTHETICA

순간들

오전 햇살이 한가득 들어온 작업실.

아침에 문을 열고 시장에서 도착한 꽃을 다듬고 화기에 물을 채워 가지런히 놓는다. 그저 다듬어두는 것뿐이지만 컬러도 맞추고 키도 맞추고 어울리는 꽃들끼리 모아 정리한다. 남아 있는 꽃들도 다시 한 번 다듬어 물을 갈아준다. 바닥을 쓸고 한숨 돌리며 둘러보면 세상에서 내가 제일 행복한 것 같다. "아 행복해"라는 말이 저절로 소리가 되어 나온다. 그때 알았다. '이 일이 내 천직이구나. 나는 오래전부터 이 자리에 있기로 정해져 있었구나.'

그게 무려 23년 전의 일이다.

지금도 이른 아침 꽃시장에서 작업실로 돌아와 꽃들을 정리한 후 햇살을 받으며 한껏 물이 오른 꽃들을 보면 참 행복하다. 하늘이 낮고 바람이 부는 어느 날에는 트렁크에 꽃을 한가득 싣고 작업실로 돌아오는 차 안에서 이렇게 좋아도 되나 싶은 생각에 가슴이 두근거린다. 하고 싶은 일을 하고 있어서 정말 다행이구나 중얼거리게 된다.

꽃을 시작한 지 얼마 되지 않았을 때, B브랜드에서 새로운 디자인을 런칭하는 파티를 열었다. 그 파티가 내가 일을 시작하고 처음 참여한 행사였다. 장소는 하얏트 호텔이었다.

홀에는 아주 길쭉한 테이블이 놓여졌고, B브랜드에 어울리는 반짝거리는 장식이 천장에도 매달려 있고, 흰색 테이블보 위에도 늘어져 있었다. 테이블 위에는 초록 아이비와 초가 놓였다. 세팅을 마친 뒤 불을 밝힌 순간에 나도 모르게 눈물이 흘러나왔다. 너무 예뻤다. 이루 말할 수 없이….

반짝거리는 장식과 불빛, 잎사귀들의 환상적인 앙상블을 보고 있자니 어젯밤의 고생은 한순간에 잊혀지고 그 자리에는 오로지 감동만 남아 있었다.

"너도 평생 이 일을 하겠구나?"

"네?"

"첫 행사에서 눈물을 보이면, 평생 한대, 꽃!"

그날 옆에 있던 언니의 말이 지금도 귓가에 아른거린다.

그 이후로도 매번 완성된 결과물만 보면 언제 힘들었냐는 듯 모든 게 잊혀졌다. 적어도 그 순간에는…. 물론 지나고 나면 고생스러웠던 일이 기억나지만 그 모든 걸 잠재워주는 감동이 힘듦을 이긴다. 아기를 낳느라 지독한 산통에 시달리고는 '다시는 안 낳아!'라고 선언했다가도 귀여운 아가의 재롱에 언제 그랬냐는 듯 둘째를 가지는 엄마의 마음과 조금 닮았다고나 할까. 몸은 힘들지라도 함께 하는 사람들과의 작업이 즐거우면 힘든 줄 모르고 하게 되는 것도 이 일이 가진 매력이다. 그게 좋아하는 일이라면 더더욱.

가끔 부케를 만드는 도중에 가슴이 두근거리는 때가 있다. 누가 뭐라 해도 내 눈에는 정말 예쁜 디자인의 부케가 만들어졌을 때다. 돌아서면 보고 싶고, 자꾸 생각나서 밖에 나갔다가도 작업실에 빨리 돌아가고 싶어진다. 집에 와서도 하염없이 사진만 들여다보게 된다. 혼자 보기 아까워서 가까운 친구에

게 선물로 주기도 한다.

꽃은 수명이 짧아서 아쉽지만 사진을 찍어두면 두고두고 볼 수 있으니 그나마 다행이라고 생각한다. 사진이나 영상을 보면 그날의 날씨, 온도와 습도, 모든 것이 생생히 생각나니까.

다정한 작업실

플라워 숍에서 일하다 보면 간혹 재미있는 손님들을 만난다. 좋아하는 여자에게 프러포즈를 하기 위해 장미 백 송이를 주문했지만 결국 그녀에게 차였다며 풀이 죽어 온 청년도 있었고, 여자친구의 생일에 꽃다발을 준비하면서 그녀의 어머니에게는 그 두 배쯤 되는 플라워 바스켓을 보내는 남자친구도 있었다.

몇 년간 아버지와 인연을 끊고 지냈다던 출판사의 대표님은 아버지에게 화해를 청하고자 꽃을 주문하러 오셔서는 그동안의 집안일을 한참 털어놓기도 했다. 처음에는 '이렇게 개인적인 이야기를 들어도 괜찮은 걸까?' 싶어서 당황스럽기도 했다. 하지만 플라워 숍이 원래 가슴속의 이야기를 들어주는 역할을 하기도 한다는 선배의 얘기를 듣고는 수긍이 갔다. 그 대표님은 이후에도 계속 아버지와의 일을 들려주시고는 몇 번 더 꽃을 주문했다. 지금은 아버지와의 관계가 회복되었을지 궁금해진다.

지금은 작업실만 하는 터라 손님들과 얼굴을 마주할 기회가 많이 줄어들었다. 하지만 가끔 꽃을 주문하는 이들의 면면을 살펴보면 사랑이 가득하거나 고마움과 위로, 축하를 건네는 경우가 대부분이다. 보내는 이의 마음이 전달되는 만큼 주문 받은 꽃을 디자인할 때는 더욱 신경을 쓰게 된다.

어떤 이는 친구에게 축하할 일이 생겼다며 꽃을 가득 보내기도 하고, 어떤 이는 소중한 분을 떠나보내는 자리에 꽃이 있으니 위로가 되더라며 장지에 들고 갈 꽃을 주문하기도 한다. 아들의 졸업식을 축하해줄 꽃다발을 주문하면서 집에 둘 센터피스를 함께 보내 달라고 주문하는 이도 있고, 좋아하는 배우에게 응원을 보내고 싶다며 꽃을 주문하기도 한다. 어떤 때는 꽃 수업을 듣던 학생이 아기를 낳고 산후조리를 하던 중에 메시지를 보내오기도 한다. "선생님, 저 꽃다발 하나만 주문해도 돼요? 꽃이 너무 그리워요."

주문을 받으면 작업실에 있는 꽃들 중에 제일 예쁜 꽃, 그이의 집에 꽂아두면 어울릴 꽃을 신중하게 골라 꽃다발이나 바스켓을 만든다. 기분이 다운되어 꽃을 주문했던 이가 "고마워요. 덕분에 기분이 좋아졌어요"라고 메시지를 보내오면 덩달아 기분이 좋아진다. "선물 받은 친구가 너무 행복해했어요", "부모님이 행복하셨대요, 감사해요"라는 메시지를 받으면 몸이 힘든 것쯤은 까마득히 잊을 만큼 행복해진다.

고정관념을 깨는 주문을 받으면 조금 더 신이 난다. 언젠가 출장에서 돌아오는 애인의 책상으로 웰컴 센터피스를 보내는 근사한 여자분이 있었다. 아무래도 남자들은 여자들보다 꽃을 선물 받을 기회가 적은데, 생각보다 남자들 중에도 예쁜 꽃을 좋아하는 이들이 많다. 그들은 꽃을 선물 받으면 약간 쑥스러워하면서도 무척 기뻐한다. 신선한 기분 전환이 되었다며…. 여자들만 꽃을 선물 받는다는 통념을 깨고 남자들에게도 꽃을 선물해보자. 조금 더 매력적인 사람으로 기억될지 모르니까.

손님들뿐 아니라 꽃을 배우러 오는 학생들도 속 이야기를 꺼내놓는 일이 종종 있다. 꽃을 만지면서 마음이 편해지고 얘기하고 나면 속이 시원해지니까 그런 모양이다. 결혼 준비로 쌓인 스트레스를 풀고 가기도 하고, 회사에 등장한 이상한 상

사나 신입 사원의 이야기를 어찌나 맛깔나게 들려주는지, 다음 주가 궁금해지기도 한다.

플라워 숍을 직접 운영하거나 그곳에서 일하는 학생들은 매장에서 있었던 속 터지는 일을 털어놓기도 한다. 진상 손님이 다녀갔다거나 직원이 말썽을 부린다거나…. 반대로 귀여운 손님이 다녀가서 즐거웠다거나 직원이 일을 너무 잘한다며 칭찬을 늘어놓을 때도 있다. 간혹 예전의 학생들이 힘들었던 마음을 풀어놓으며 위안을 얻고 싶어서 오는 경우도 있다. 그럴 때는 그들에게 귀 기울여주면서 따뜻한 차를 내주면 된다. 때로는 그저 들어주는 것이 가장 좋은 치유니까.

크리스마스 쇼핑

9월. 아직은 낮 기온이 27도까지 올라가고 곡식이 익어가느라 낮에는 햇살이 뜨겁다. 하지만 이제 추석도 지났으니 슬슬 크리스마스 준비를 해야 할 시간이다. 도토리처럼 모아온 오너먼트들을 꺼내보고, 크리스마스 리스 클래스 스케줄을 준비한다. 작년에 찾다가 포기한 나뭇잎(오너먼트)도 찾아봐야 한다.

이제 곧 10월이고 11월이 되면 꽃시장은 크리스마스 분위기로 북적일 것이다. 그리고 본격적으로 시작되는 크리스마스 쇼핑. 일단 시장에 어떤 소품들이 나와 있는지 훑어본 뒤 마음에 드는 것들을 잔뜩 데려온다.

11월 초가 되면 크리스마스 분위기에 이미 흠뻑 젖어 작업실 배경음악도 캐롤로 바꾸고, 어떤 장식을 만들지 복잡하고 설레는 고민이 시작된다. 이번에는 어떤 리스를 만들까…. 겨울의 초입에는 손은 고단하지만 너무나 재미있는 리스 공장이 가동된다.

이렇게 한 발 앞서 크리스마스를 준비하다 보면 12월이 되어 정작 크리스마스 분위기가 무르익어갈 즈음이면 탈진 상태가 된다. 요즘은 거리에서 크리스마스 분위기를 점점 더 느끼기 힘들어져서 아쉽지만 작업실 안은 어느 곳보다 크리스마스 분위기로 가득하다. 이곳에 오는 이들이 잠시나마 따뜻함과 충만함을 느끼기를 바라는 마음으로 음악을 고르고 조명을 켠다.

넘쳐나는 리스와 오너먼트들. 끊이지 않는 상록수 가지와 트리. 두 달 동안 리스와 트리를 만들고 수업을 하다 보면 넘쳐나는 장식에 숨이 막힐 것 같은 순간이 오기도 한다. 하지만 그래도 다행인 건 그때쯤 되면 이제 크리스마스를 떠나보내도 되는 시기라는 것. 문제는 정리와 동시에 또 다른 크리스마스 쇼핑이 시작되는 데 있다. 마음에 드는 오너먼트를 뒤늦게 발견하기도 하고, 시즌이 끝나가면서 세일이 시작되기 때문이

다. 올해 사용한 오너먼트들이 내년에도 보고 싶어질 것 같아서 미리 더 사두기도 하니까 작업실에 짐이 줄어들기는 앞으로도 어려울 듯싶다.

비워지고 채워지는 반복적인 사이클. 어찌 보면 일 년 내내 크리스마스 준비 기간인 것만 같다.

색에 대한 색다른 이야기

플라워 디자인에서 가장 중요하고 어려운 것은 다름 아닌 색이다. 꽃을 배우는 학생들에게 가장 많이 듣는 이야기 중 하나는 꽃시장에 가면 소재를 고르기가 막막하다는 하소연이다. 그중에서도 색을 고르는 일이 가장 어렵다고 한다.

세상에는 수많은 색이 존재하고 아침에 눈을 뜨면서부터 잠자리에 들기까지 우리는 생각보다 많은 색을 눈에 담는다. 지금 이 순간 눈앞에 보이는 컬러만 해도 열다섯 가지쯤 된다. 주변을 한번 둘러보자. 서로 잘 어울리는 색도 있고 어울릴 것 같은데 예상외로 어울리지 않는 색도 있다. 그 가운데서 나에게 맞는 색, 서로 어울리는 색을 골라내는 건 쉽지 않다. 옷을 입을 때도 옷장에서 어울리는 셔츠와 스커트를 고르고 다시 그에 어울리는 컬러의 스타킹과 또 그것에 맞는 신발을 골라야 한다. 겨울철이라면 전체와 어우러질 컬러의 외투와 머플러까지 챙겨야 하니 굳이 꽃이 아니더라도 우리는 자주 색을 고르는 일을 한다.

그나마 옷장 속은 꽃시장만큼 다채롭지 않고 일단 한번 내 취향에 맞춰 들여온 색이니 그다지 어렵지 않지만 꽃시장의 사정은 다르다. 노란색이라 해도 샛노랑, 연노랑, 화이트에 가까운 노랑, 연둣빛이 감도는 노랑이 있다. 초록이라면 맑고 투명한 초록, 짙고 깊은 초록, 화이트가 섞인 연둣빛과 노란빛을 띤 연둣빛이 있다. 보랏빛도 물기를 머금은 수채화 같은 스위트피와 유화 물감에 푹 담근 것 같은 스토크의 보라는 느낌이 전혀 다르다. 한정된 시간 동안 그 가운데서 서로 어우러지는 색을 고르는 일은 쉽지 않다.

이론적으로 색채학을 공부해본 적은 없지만 좋은 색을 많이 보는 것도 색을 공부하는 쉬운 방법 중 하나라고 생각한다. 색이 잘 어우러진 패브릭이나 전체적으로 조화를 잘 이룬 쇼윈도 속 마네킹의 옷차림을 눈여겨보는 일도 도움이 된다. 소소하게는 하늘색 잔에 담긴 짙은 코코아의 컬러 매치도, 인테

리어가 잘 된 공간에서 느껴지는 컬러의 통일성도 좋은 예이다. 요즘은 아름다운 공간을 너무 쉽게 들여다볼 수 있는 세상이니 찾아보려고만 하면 색을 공부할 수 있는 좋은 사례는 얼마든지 있다. 이런 방법으로 훈련하다 보면 머리보다 눈으로 색을 기억하게 되고 자신도 모르게 어울리는 색 조합을 습득하게 된다.

사람은 환경에 영향을 많이 받는다는 말이 정말 사실이란 걸 깨달을 때가 종종 있다. 나만 해도 새로운 작업실로 이사한 후로 꽃의 느낌이 미묘하게 달라졌다. 예전 작업실보다 빛이 더 많이 들고 인테리어의 느낌을 살짝 바꿨을 뿐인데 말이다. 그런데도 지금의 공간에 어울리는 꽃에 손이 더 가게 되는 걸 어느 순간 깨닫고는 '아, 이러면 안 되지'라는 생각에 의도적으로 꽃 선택을 조절하게 된다.

개인적으로 가장 어려운 색은 흰색이다. 하얀색 꽃으로만 부케를 만든다고 하면 '아, 그냥 흰 꽃만 고르면 되잖아'라고 쉽게 생각할 수도 있다. 하지만 흰색도 색인지라 가장 기본이 되는 흰색의 꽃들을 서로 어우러지게 골라내는 일은 어쩐지 쉽지 않다. 흰색을 바탕으로 디자인할 때는 여지없이 시장을 몇 바퀴나 더 돌게 되니 말이다.

색을 고르는 일이 어렵다고 하지만 그래도 자연은 한데 어우러지는 힘이 강해서 생각지도 못했던 색 조합이 의외로 잘 어우러지는 경우가 많다. 새로운 시도가 늘 그렇듯 색을 쓰는 데에도 조금만 더 용기를 내보면 지금까지와는 전혀 다른 느낌을 얻을 수 있으니 더 과감해져도 좋을 일이다.

식물의 생에 대하여

색이 중요한 만큼 꽃의 생태를 아는 것도 매우 중요하다. 이 소재가 어떤 환경을 좋아하고 어떻게 피어서 어떻게 시들어 가는지, 어떤 삶을 살아가는지를 알아야 때와 장소에 맞는 꽃을 고르고 추천할 수 있다.

건조한 곳에서 잘 사는 꽃도 있고 습도가 높아야 오래 사는 꽃도 있다. 특별히 물을 좋아하는 꽃도 있다. 화려한 대신 유독 수명이 짧은 꽃이 있는가 하면 연약해 보여도 오래 살아서 깜짝 놀래키는 꽃도 있다. 물에 꽂아두어도 키가 자라는가 하면 휘리릭 피었다가 꽃잎이 후두둑 떨어지거나 종잇장처럼 얇은 꽃잎이 의외로 몽우리 하나까지 다 피는 꽃도 있다. 이런 꽃의 생태를 이해하고 그 지식이 바탕이 되어야 꽃의 질감이나 크기, 컬러를 고려한 디자인을 제대로 할 수 있다.

예를 들면 "오늘 꽃다발을 픽업해서 내일 KTX를 타고 부모님을 뵈러 가요" 하고 주문하는 경우와 "친구 집이 바로 근처라서 10분이면 가요" 하고 주문하는 경우는 선택하는 꽃도 소재도 달라야 한다. 심지어 포장법도 달라진다. 꽃 선물을 받을 때 "와~ 하고 행복했으면 좋겠어요"라며 주문하는 분과 "한동안 집에만 있어야 하는 분이에요"라며 주문하는 분에게는 준비해 드려야 할 꽃이 다를 수밖에 없다. 꽃을 받는 순간의 시간과 정서를 모두 고려해서 꽃이 가장 아름답게 보이도록 디자인해야 하기 때문이다.

이 외에도 고려해야 할 사항은 넘쳐난다. 이를테면 겨울철의 건조한 사무실로 꽃이 갈 때와 저녁에 에어컨이 꺼지는 한여름의 사무실로 갈 때는 선택하는 꽃이 서로 달라진다. 환기가 덜 되는 오피스텔이거나 다소 서늘한 주택으로 갈 때도 꽃의 선택에는 차이가 있다.

물론 이 모든 걸 고려해서 꽃을 디자인해서 보내 드려도 받은 분이 물을 안 주거나 깨끗한 물로 갈아주지 않으면 다 소용없지만….

그래서 나는 취미가 아닌 플로리스트가 되기 위해 꽃을 배우는 친구들에게는 꽃을 선물하지 말라고 조언한다. 꽃을 선물하는 건 너무 좋지만, 선물하고 나면 내가 그 꽃의 일생을 볼 수 없기 때문이다. 대신 곁에 두고 보살피며 관찰하라고 권한다. 아무리 이론적으로 이해하고 열심히 외운다고 해도 직접 겪어보는 것보다 더 좋은 공부가 없으니 지속적으로 지켜보라는 뜻이다.

종류마다 다른 관리법과 환경을 알려주면 다음 주, 또 그다음 주에 와서 "선생님이 얘기해주신 대로 했더니 꽃들이 정말 오래 살아요. 이렇게 오래가기는 처음이에요", "2주 전에 받은 버터플라이 라넌이 아직 살아 있어요", "몇 주 전에 썼던 아이비가 뿌리를 내렸어요", "한 달 전에 데려간 나무에서 아직도 새순이 돋아요"라는 소식을 전해주기도 한다. 가끔 그렇게 들떠서 얘기해주면 나이와 상관없이 모두 귀엽고 사랑스럽다. 그러니 자주 소식 전해주세요!

자, 이렇게 꽃의 생태를 이해하고 디자인하면 그제서야 진정한 플로리스트가 되는 게 아닐까? 시간이 제법 오래 걸리는 일이다.

L'ENFANT
LA MÈRE

균형에 관하여

꽃의 생태와 일생에 대한 지식이 바탕이 된 후에는 밸런스를 맞춰주어야 한다. 가끔 "저는 손재주가 없는데 잘 할 수 있을까요?"라고 자신 없어 하는 이들이 의외로 꽃을 잘 꽂는 경우가 있다. 물론 손재주가 있으면 훨씬 수월하게 익히지만 플라워 어렌지먼트란 손재주만으로 되는 일은 아니어서 손재주가 있어도 의외로 잘 못하는 경우도 있다.

무슨 얘기인가 하면 꽃으로 무언가를 만들어내는 일은 입체적인 조형을 만드는 일이다 보니 손재주보다 중요한 건 '공간지각 능력'이라는 뜻이다. 꽃다발도 센터피스도 베이스 어렌지먼트도 한 방향만 보는 것이 아니라 사방을 모두 보며 디자인해야 한다. 모든 면이 아름다울 수 있도록, 어디에서 봐도 균형이 잘 맞아야 한다는 얘기다.

물론 앞을 정해두고 꽃을 꽂으면 훨씬 쉽지만 입체감이 있어야 오래 두고 봐도 질리지 않는다. 그리고 실제로 꽃을 마주했을 때의 감동도 다르다. 그래서 꽃을 배우는 학생들에게 자꾸 얘기하게 된다. "앞을 정하지 말고 돌려가면서. 모든 면이 다 다르고 그러면서도 아름다울 수 있게 살펴가며 꽂아보세요"라고.

색도 결국은 균형을 맞춰야 하는 일이니 무엇이든 균형을 맞추는 일이 어찌 보면 가장 어려운 일이 아닐까. 우리 삶도 균형을 맞춰 살아가지 않으면 언젠가 무너져버릴 수 있으니 말이다.

Seconde Vie
두 번째 삶

우연히, 헬싱키 식물원

여행 중이었다. 결혼 준비로 한창 바쁜 시기를 보내고 신혼 여행지의 첫 번째 도시인 헬싱키에 왔다. 역시 이곳에서도 가장 가보고 싶은 곳은 숲이다. 숲속에서 아무것도 하지 않고 앉아 나무 내음을 가득 들이마시면 좋겠다는 바람으로 숲을 향해 걷기 시작했다.

사실 숲으로 향했다고는 하나 대충 방향만 정하고 봄을 만끽하며 걸어가고 있었다. 건널목에 멈춰 서서 신호가 바뀌길 기다리는데 바람결에 꽃잎이 잔뜩 날리는 비현실적인 장면이 눈앞에 펼쳐졌다. 봄의 한가운데에서 마치 꽃눈을 맞는 기분으로 서 있는데 신호가 초록으로 바뀌었다.

"우리 저기 잠깐 들어가볼까?"

"저기 뭐가 있는데?"

"글쎄, 한번 가보는 거지 뭐."

순식간에 목적지를 바꾼 우리는 작은 입구가 나 있는 공원 같은 곳으로 향했다. 입구를 통과하니 제일 먼저 클레마티스가 반겨준다. 좋아하는 꽃을 발견하고는 주위를 둘러보니 식물원인 듯했다. 여기저기 식물과 나무들에 푯말이 붙어 있다.

"어, 저기 덩굴장미 좀 봐. 너무 예쁘다."

안으로 좀 더 깊숙이 한 걸음씩 발길을 옮기니 꿈결 같은 식물원의 모습이 켜켜이 펼쳐져 정신이 혼미해진다. 아름답고 고요하고 평화로웠다. 어쩜 이런 곳이 있을까.

아이들은 뛰어놀고 살랑거리는 봄바람에 꽃잎은 흔들거린다. 어린아이 머리만 한 크기의 작약에 불두화가 만발해 있고, 얼마 전 꽃시장에서 만났던 향기 좋은 클레마티스도 바람결에 날린다. 이름 모를 땅꼬마 튤립에 내가 좋아하는 불가리스도 보인다. 스위트피도 하늘하늘 흔들린다. 처음 만나는 꽃들도 가득하다.

결국 우리는 시간이 멈춘 듯 그곳에서 오래 시간을 보냈고 애초에 가려던 숲은 까맣게 잊은 채로 헬싱키를 떠났다.

나중에 찾아보니 그곳은 헬싱키 대학 식물원University of Helsinki Botanical Garden이었다. 무려 1678년에 양배추와 약용 식물을 재배할 목적으로 처음 만들어졌고, 1829년 대화재로 인해 지금의 장소로 이전했다. 1918년에는 군중 시위로 심한 손상을 입었던 적도 있고, 제2차 세계대전 때는 폭격으로 온실이 완전히 파괴되었다고 한다. 스펙터클한 역사를 가진 식물원이었던 것.

식물원의 역사는 파란만장할지라도 현재는 너무나 고요하고 평화로운 곳이라서 지금도 그곳을 떠올리면 마음에 평온이 찾아온다. 타임머신이 있다면 꼭 들르고 싶은 곳이다.

파리 산책

집에서 나와 개선문을 바라보며 걷다가 에펠탑이 보이면 지하철을 타고 뤽상부르 공원 역에 내려서 판테온을 향해 걸어간다. 몇 걸음 걷다가 오른쪽으로 꺾으면 학교가 나오고 수업이 끝난 후엔 뤽상부르 공원에 앉아서 부서지는 햇살 아래 프랑스어 단어를 외운다.

가끔은 카페에서 카페 크렘을 마시고 온종일 걸어다니다가 센 강가에 앉아 다리를 흔들며 음악을 듣는다. 화창한 날씨에 너무나 비현실적인 일상이었다. 이십 대의 마지막이 시작되던 가을의 파리. 선물 같은 나날들이었다.

파리행 비행기

파리로 향하는 비행기 안. 외지에서 혼자 지낼 막내딸을 염려할 부모님이 걱정되어 눈물이 왈칵 쏟아졌다. 파리에서 일 년을 홀로 지내야 하는데, 어쩐지 걱정이나 두려움은 조금도 없었다. 두근두근하는 설렘과 기대뿐. 엄마, 아빠! 씩씩하고 건강히 잘 지내다 올게요. 걱정하지 마세요!

어느 눈부신 여름날, 광화문 근처 카페였던 듯하다. 얼마 남지 않은 이십 대의 끝자락에서 앞으로 펼쳐질 인생에 대해 진지하게 고민을 털어놓고 있었다. J언니는 맞은편에 앉아서 조용히 내 얘기에 귀를 기울였다.

“공부를 더 하고 싶으면 더 늦기 전에 유학을 가는 게 어때? 갈 수 있는 기회가 아무 때고 오는 건 아니더라. 지금 시기를 놓치면 다시 언제가 될지 알 수 없거든.”

정확한 대화 내용은 기억나지 않지만, 대충 이런 말이었다. 거기에 장난스레 덧붙인 그녀의 한마디.

“이왕이면 파리에 가서 그 선배 동생 H군과 연애도 하고!”

마치 주문처럼 그날의 대화는 모두 현실이 되고 말았다. 그녀가 덧붙인 마지막 한마디까지.

그렇게 갑작스럽게 떠나기로 마음을 정하고, 바로 다음 날 비행기 티켓을 예약했다. 그다음 날에는 회사에 그만두겠다고 얘기했고, 한 달하고 보름쯤 후에 나는 비행기 안에 앉아 있었다. 승무원의 안내방송도 귀에 들어오지 않는 채로….

인생에서 제법 큰일치고는 너무 순식간에 벌어진 것처럼 보이지만, 거슬러 올라가면 꽤 오래전부터 준비하고 있었던 듯하다. 마음의 준비는 2년 전부터, 언제일지 모를 그날을 위해 새벽에 프랑스어를 배우러 다닌 건 파리행 비행기를 타기 8개월 전부터다.

사실 파리가 될지 런던이 될지 아무것도 정해지지 않았던 8개월 전의 겨울.

“공부하러 가고 싶은 마음이 있으면 뭔가 준비를 하는 게 좋지 않겠어?"

언니가 스쳐 지나듯 내뱉은 한마디에 프랑스어를 배워야겠다고 결심했다. 그러고는 바로 알리앙스 프랑스에 등록했다. 새벽에 일어나 학원에 갔다가 출근하고, 점심시간을 아껴가며 프랑스어 단어를 외웠다. 추운 겨울 새벽에 일어나 학원에 가는 게 쉬운 일은 아니었지만, 그 시간도 지금 생각해보면 행복했다. 무언가 미래를 준비하고 있다는 뿌듯함에 희미한 희망이 더해진 시간이었으니까.

파리로 떠나기 2년 전 어느 날, 나는 정말 자존심에 큰 상처를 받아, 집에 오자마자 언니를 붙잡고 눈이 퉁퉁 붓도록 대성통곡한 적이 있다. 지금은 상처를 준 그녀의 이름조차 기억나지 않지만, 플로리스트로 일을 시작하고 사회에 발을 들인 후 처음으로 그렇게 울면서 결심했다. 언젠가 꼭 공부를 더 하리라, 제대로 배워서 실력을 더 쌓으리라고. 그래서 겉만 번지르르한 사람들의 코를 납작하게 해주겠다고…. 지금 생각해보면 그때의 그녀에게 고마워해야 할 일인지도 모르겠다. 꽃을 더 공부해야겠다는 강한 동기를 심어주었으니까.

그렇게 속상해하며 우는 동생을 바라보던 언니가 많이 안쓰러움을 느꼈던가 보다.

"네가 공부를 더 하고 싶으면 언니가 도와줄게. 필요할 때 얘기해.”

눈이 잘 떠지지 않을 만큼 부어서는 그렇게 말해주는 언니가 무척이나 고마웠다.

꿈을 꾸는 사람들에게 가끔 하는 말이지만, 미리 준비하고 있는 이에게 기회는 찾아오기 마련이다. 그걸 ‘기회’라고 할 수도 있고, 마음을 열고 언제든 달려나갈 준비를 하고 있으면 언젠가는 찾아오는 ‘그때’라고도 할 수 있겠다. 간절히 원하면 그 뜻이 하늘에 닿아 이루어진다는 말이 있지 않던가. 하지만 그 말의 숨은 뜻은 원하는 방향을 향해 한 발 한 발 내딛다 보면 어느 날엔가 원하던 그곳에 서 있는 나를 발견하게 된다는 게 아닐까. 마음이 먼저 도착해서 내가 나를 기다려주는 건 아닐까. 인생에는 지도가 없으니 조금 헤맬 수도 있지만 진심이 강하면 언젠가는 다다르게 되는 거다. 운이 좋으면 도움의 손길이 뻗쳐 올 수도 있다. 그럴 때는 잡아도 된다. 그 손길을 헛되게 하지만 않는다면.

그다지 적극적인 성격은 못 되는데, 중요한 순간에는 나도 모를 용기가 어딘가에서 솟아나는 듯하다. 내 마음속일 수도 있고, 누군가 옆에서 불어넣어준 것일 수도 있다. 처음 플로리스트의 길로 들어섰을 때도 그랬고, 파리로 떠나던 그날도, 그리고 돌아와서 나만의 작업 공간을 만들던 그때 역시도. 이 글을 쓰고 있는 지금도….

ATTENTION
au nom de la

계단 아래 작업실

학교를 결정하고 첫 번째 수업을 듣기 전에 그녀를 만났다. 카트린 뮐러Catherine Muller라고 했다. 지금은 한국에서도 꽤 유명하지만 내가 파리에 공부하러 가려고 할 때만 해도 한국에서 프랑스의 플라워 스쿨에 관한 정보를 찾기란 쉽지 않았다. 프렌치 스타일이 낯설기도 했기에 파리 생활을 시작한 초기에는 그녀에 대해 잘 몰랐다. 한국에도 플라워 숍이 있는 크리스티앙 토르튀Christian Tortu만 알았지 그곳에서 2년이 넘도록 매니저로 일했던 카트린은 몰랐던 것이다.

사람의 인연이라는 게 얼마나 예측할 수 없는 것인지를 나는 내 경험으로 톡톡히 알게 됐다. 때는 또다시 거슬러 올라간다. 대학을 갓 졸업하고 플로리스트라는 직업 자체를 몰랐던 때로….

대학을 졸업하고 35일간의 배낭여행에서 돌아와 언니가 다니는 회사에서 파트타임으로 일하고 있었다. 그때 N언니를 알게 됐다. 세월이 흘러 나는 내가 하고 싶은 일을 찾아가고 있었고, 들리는 바에 따르면 N언니는 결혼한 뒤 회사를 그만두고 남편과 함께 파리로 떠났다고 했다. 그리고 다시 시간이 흘렀다. 그녀는 여전히 파리에 살면서 꽃을 배우고 있다는 얘기가 들려왔다. 당시의 나는 처음 파리를 다녀온 후 '파리에서 일 년 살기'에 대한 로망을 키우고 있었던 데다 이제 막 꽃을 시작한 때니 N언니가 마냥 부러울 수밖에 없었다.

그리고 다시 시간이 흘렀고 나는 파리에 다시 왔다. 당시 파리의 플라워 스쿨에 대해 조언해줄 수 있는 유일한 사람이 그녀였다. 그녀는 이미 카트린 뮐러의 제자였고 당시에는 카트린과 함께 일하고 있는 중이었다. 이쯤 되면 내가 파리에 와서 카트린을 만난 건 정해진 운명이라는 생각이 들 법도 하지 않을까.

N언니는 프랑스에 있는 몇몇 학교에 대한 객관적인 정보를 주었다. 선택과 결정은 나의 몫이었다. 나는 그중에서 다시 서

너 군데를 골라 인터넷에서 주소를 찾고, 차례대로 찾아 나섰다. 한국에서 프랑스어를 배웠다고는 하나 간신히 인사 정도만 할 줄 아는 상태에서 학교들을 찾아다니며 커리큘럼을 받고, 수업 과정도 지켜보았다. 운이 좋을 때는 한국인 학생을 만나 자세한 내용을 물어볼 수 있었다.

그러던 중에 마지막으로 찾아간 곳이 에콜 데 플뢰르 카트린 뮐러École des Fleurs Catherine Muller였다. 지금은 피라미드 가 1번지인 파리의 중심가에 부티크가 있지만 당시의 그녀는 자기 학교를 막 시작한 단계라서 예전에 일하던 숍의 작업실을 빌려서 수업을 진행하고 있었다.

약속을 정하고 두 번째 방문하던 날, 카트린을 만나러 왔다고 하니 지하로 내려가는 계단으로 안내해준다. 회색빛의 작업실. 떨리는 마음으로 나선형 계단을 내려가 작업대 위의 꽃을 본 순간, 한 치의 망설임도 없이 이미 마음이 정해졌던 것 같다. 한국에서는 볼 수 없었던 프렌치 가든 장미와 복숭앗빛 스위트피에 눈과 마음을 동시에 빼앗겨버렸으니 머리로 하는 생각 같은 건 그 자리에서 필요하지 않았던 거다.

나중에 들은 바로는 몇몇 한국 학생들 중에는 작은 지하 작업실에 실망해서 되돌아간 사람도 있었다고 한다. 하지만 나는 처음 꽃을 시작했을 때 일했던 압구정동의 작업실이 떠올라 오히려 마음이 편하고 친근감이 느껴졌다.

처음 만난 카트린은 프랑스어가 서툰 나를 배려해 또랑또랑한 발음으로 인사를 건넸고 작은 체구에서 뿜어져 나오는 부드러운 힘은 나를 사로잡기에 부족함이 없었다. 고백하자면 요정 같은 그녀에게 첫눈에 반했다고나 할까.

다행히 N언니가 있어서 어렵지 않게 이런저런 얘기를 나눌 수 있었다. 처음 카트린이 나에게 궁금해했던 것은 지금까지 어떤 스타일의 꽃을 디자인해왔는가 하는 것이었다. 그녀의 첫 질문에 2초쯤 망설인 후 나의 대답은 "유러피언 스타일…?"이었다. 그리고 약간의 침묵 후 되돌아온 질문은 "유러피언? 유럽 어디?"

지금 생각하면 부끄럽지만 그때의 나는 말 그대로 우물 안 개구리였다. 이제 막 우물 안에서 고개를 내밀고 두리번거리는 개구리. 같은 유럽일지라도 영국, 프랑스, 독일, 네덜란드가 각각 그들만의 고유한 스타일이 있다는 건 생각조차 못했다. 아시아라고 해도 일본이나 중국, 한국이 다르듯이 플라워 디자인에서도 '유러피언 스타일'이라는 말이 얼마나 광범위한 표현인지 그때는 잘 몰랐던 것이다.

지금이야 SNS로 세상 어디든 들여다볼 수 있고, 온갖 해외 플로리스트들의 활동도 쉽게 지켜볼 수 있지만 그때는 SNS는커녕 한국에서 '플로리스트'를 직업으로 이해하는 사람은 열 명 중에 두 명 남짓할까 싶은 정도였다.(이렇게 말하면 너무 옛날 사람 같지만 세상은 너무 빠르게 변한다!)

나중에 알게 됐지만 파리에 오기 전에 내가 배우고 일했던 스타일은 영국식에 가까웠다. 그렇게 지금까지 내가 알아온 것과는 다른 세계로 발을 들여놓게 되었다.

플라워 클래스

수업은 언제나 즐거웠다. 아침에 문을 열고 들어서면 반갑게 맞아주는 꽃과 나의 선생님 카트린이 있었다. 설레는 마음으로 하루를 시작하던 그때가 내 인생에서 가장 반짝반짝한 순간이었다.

꽃 수업은 우선 선생님의 시연으로 시작된다. 각 소재의 이름과 특징 그리고 만드는 방법을 설명과 함께 보여주는데 꼼꼼히 사진을 찍고 메모하며 넋을 잃고 바라보다가 정신을 차리면 어느덧 학생들의 차례가 온다.

지금까지와는 소재를 사용하는 방법이 많이 달랐다. 형태도 달랐고, 한 번도 생각해보지 못한 방법으로 부케가 만들어졌다. 스펀지처럼 빨아들이자! 속으로 몇 번을 다짐했다. 약간은 긴장한 상태로 필기한 노트를 보면서 부케를 만들다 보면, 내가 봐도 참 예쁜 결과물이 나오는 날도 있었고, 아직은 낯선 프렌치 스타일에 좌절하는 날도 있었다.

Fleurs et Légume(플뢰르 에 레귐). 꽃과 과일, 채소를 함께 다루는 수업 시간이다. 두 가지의 부케를 만들고 마지막으로 바스켓을 만드는 순서인데 생각처럼 잘 되지 않는다. 이미 부케에 두 번이나 사용한 복숭아는 만신창이가 되어 있고, 포도 알갱이는 자꾸만 떨어진다. 이 수업은 형태를 잘 잡아가는 것이 포인트인데 처음 해보는 나에게는 어렵기만 했다. 머릿속에서 완전히 이해되지 않으니 형태가 제대로 나오는 게 이상할 지경이었다. 그런데 옆의 학생은 선생님에게 "Parfait(완벽해)"라는 칭찬을 연속으로 듣고 있었다. 어학연수를 와서 우연히 꽃을 배우게 됐다는 그녀는 다른 도시에 있는 큰 플라워 스쿨을 다니고, 파리로 와서 카트린에게 디자인을 배우는 중이라고 했다.

내가 봐도 조금의 군더더기도 없이 완벽해 보였다. 부러운 마음이 들면서 내가 과연 잘 할 수 있을까 하는 걱정이 스멀스멀 올라왔다.

꽃을 계속해도 되는 걸까?
나에게 과연 재능이 있는 걸까?
여기까지 온 게 과연 잘한 일일까?
나는 지금, 제대로 가고 있는 걸까?

그날은 땅속으로 꺼져 들어갈 듯 우울했고, 다음 수업이 시작되기 전까지 완전히 좌절한 상태로 있었다. 이럴 때는 마음을 다잡고 다음 수업에서 나에게 부끄럽지 않은 꽃을 만들어내야 회복된다. 하지만 좌절했던 그 경험 덕분에 눈으로 보고 감각으로 만들어내는 작업이라도 완전히 이해되어야 제대로 해낼 수 있다는 것을 알게 되었다. 그리고 지금 나에게 배우고 있는 학생들의 마음에 진심으로 공감하며 끄덕일 수 있게 되었다. 내 마음같이 꽃들이 자리 잡지 못할 때, 눈물이 쏟아질 것 같은 그 심정을 너무나 잘 알기에….

그 후로 많은 시간이 흐르고, 이제 나도 학생을 가르치게 되면서 다시금 깨달은 게 있다. 자리를 찾아주는 일. 내가 원하는 자리에 꽃을 두는 것이 아니라, 꽃의 자리를 찾아주어야 안정적인 어렌지먼트가 나온다는 것이다. 당연한 얘기지만 나에게 맞지 않는 자리에서 억지로 맞는 척하기보다 나에게 맞는 자리를 찾아야 나의 역할을 제대로 해낼 수 있고 행복해

질 수 있다. 꽃도 마찬가지다. 꽃도 제자리를 찾으면 전체적인 어레인지의 완성도가 높아지고 수명도 길어진다. 그걸 알아차릴 때까지 제법 시간이 걸렸던 것이다.

또 하나, 꼭 덧붙이고 싶은 말이 있다. 처음이면 못하는 게 정상이라는 것! 처음부터 잘 해낼 수 있으면 좋겠지만, 그러지 못하더라도 조급할 필요는 없다. 그러니 꽃을 배우러 와서 처음에 내 맘같이 안 되더라도 실망하지 말고, 편안한 마음으로 돌아갔으면 좋겠다. 시간을 들여 즐겁게 하다 보면 어느 날엔가 실력은 정직하게 늘어나 있을 테니.

꽃이 있는 여행

'여행보다는 꽃'이라고 자주 말하지만 우열을 가릴 수 없을 정도로 여행을 좋아한다. 가끔 그렇게 여행을 다니면서 스쳐 지나간 곳 중에도 유독 꽃이 아름다웠던 장소들은 당연히 기억에 오래 남는다.

모네가 직접 가꾼 정원과 아틀리에가 있는 지베르니, 자연광이 아름답게 들어오는 공간에 그림들이 자리 잡고 있는 오랑주리 미술관, 옛 귀족이 살던 집을 박물관으로 만든 카르나발레 박물관의 예쁜 정원. 상상의 나래를 펼치게 했던 피렌체의 보볼리 가든과 미켈란젤로 언덕을 올라가는 길의 장미 정

Famiglia
Berti Gianni

원. 온통 평화로운 기운이 뿜어져 나오던 이른 봄의 아시시. 천국 같던 헬싱키의 식물원이나 로비를 장식한 꽃이 화려했던 방콕의 오리엔탈 호텔.

여행 중에 우연히 결혼식이라도 만나면 눈이 금세 휘둥그레져서 흥분 상태가 된다. 결혼식엔 꽃장식이 빠지지 않기 때문이다. 봄비 내리던 도쿄의 오모테산도에서 하얀 우산을 쓴 신부를 위해 하얀색 화분을 놓았던 꽃길도 아름다웠고, 언니와 태국을 여행하던 중에 애프터눈 티를 마시려고 들렀던 오리엔탈 호텔의 결혼식도 기억에 오래 남는다.

특히 오리엔탈 호텔의 결혼식은 너무나 휘황찬란해서 눈을 뗄 수 없었다. 로비는 온통 꽃밭이었다. 꽃으로 만든 아치에 대롱대롱 매달린 포맨더(볼 부케)가 가득했다. 안쪽에는 연회 준비가 한창이었다. 결혼식이 열리는 걸 알고는 신이 나서 밖으로 나가보니 그곳에서도 꽃을 꽂느라 분주했다. 나도 도와주면 안 될까? 묻고 싶었지만 방해만 될 것 같아 눈도장만 찍었다. 강가에서 저녁노을을 배경으로 열리는 야외 결혼식이라니, 정말 로맨틱하지 않은가.

생각해보면 운이 좋았다. 애프터눈 티만 마셨어도 감동했을 오리엔탈 호텔인데 저녁에 열릴 결혼식 준비로 '오서스 윙 Author's Wing'에 꽃이 만발하다니. 나를 위해 준비해준 것도 아

닌데, 마치 그런 것처럼 느껴졌다. 티를 마시는 동안 입가에 웃음이 떠나지 않았다. 영원히 이 호텔을 나가고 싶지 않았다.

이탈리아의 피렌체를 여행하던 중 비가 촉촉이 내리던 봄날 보볼리 궁을 찾았다. 그곳의 정원이 아름답다는 소문을 듣기는 했지만 실제로 보게 되다니 기대감으로 가슴이 설렜다. 비가 내리긴 했지만 싱그러운 나무 냄새를 들이쉬며 천천히 정원을 돌아보는데 그곳의 가장 높은 곳에 장미 정원이 나타났다. 여기에 장미가 활짝 피면 정말 환상적이겠다! 그런데 꽃봉오리들은 아직 준비 운동 중인가 보다. 너무 일찍 왔구나. 아쉽지만 다음을 기약하며 돌아선다. 꽃은 없어도 눈앞에 펼쳐진 풍경은 영화 속에서나 보던 장면 같아서 신기했다. 마치 그림 속에 들어와 있는 듯했다.

이듬해 토스카나로 여행을 떠나는 친구에게 보볼리 가든에 가면 장미 사진을 많이 찍어 오라고 신신당부했다. 하지만 여행지에서 보내온 그녀의 메시지에는 기대를 안고 정원에 올라갔더니 장미 꽃잎이 모두 타버렸다는 소식이 적혀 있었다. 전날 내린 비 탓에 물기를 잔뜩 머금은 꽃잎이 다음 날 내리쬐는 햇살에 모두 타버렸다는 것이다. 빗물이 동그랗게 맺히면

볼록 렌즈의 역할을 하기 때문에 햇살이 강할 경우 빛을 집중시켜 일어나는 현상이다. 또 아쉬웠다. 사진으로라도 만나볼 수 있길 바랐는데…. 역시 모든 일에는 타이밍이 중요하다. 장미가 만발한 정원을 보려면 개화 시기에 잘 맞춰서 가야 한다. 그러나 그 시기라는 것이 조금 당겨질 수도 늦춰질 수도 있고, 이렇게 비가 많이 내린 뒤 내리쬐는 햇살에 꽃이 타버릴 수도 있으니 타이밍을 맞추는 것도 쉽지 않다.

하지만 내가 갔을 때는 이른 봄이라 장미 대신 꽃망울을 터뜨리기 시작한 벚꽃이 바람에 흩날리는 모습을 만날 수 있었으니, 장미를 보지 못했어도 괜찮았다. 타버린 장미 대신 풍성하게 만발한 수국을 보고 온 그녀도 괜찮았던 거고. 꽃과의 만남에도 인연이 있나 보다.

향기의 힐링

열이면 열, 꽃다발을 품에 안으면 고개를 숙여 향기를 맡게 된다. 꽃향기에 흠뻑 취하고 싶은 거다. 그런데 모든 꽃에서 좋은 향이 날 것 같지만 생각만큼 향긋한 꽃은 많지 않다. 심지어 꿈결 같은 겉모습과 달리 꾸리한 발 냄새를 풍기는 안개꽃이나 부추 냄새, 파 냄새가 나는 알리움 종류, 치과병원의 소독약 같은 냄새를 풍기는 스토크 같은 꽃도 있다. '계요등'이라는 소재는 너무나 매력적인데, 이름에서 짐작할 수 있듯이 '닭 오줌 냄새'가 나기도 한다. 봄의 여왕 같은 코랄 작약에서는 꼬리꼬리한 냄새가 난다.

물론 향기로운 냄새가 나는 꽃도 많다. 향이 얼마나 달콤하면 이름이 스위트피일까. 마치 입 안에 달콤한 설탕을 머금고 은은한 플로럴 향수의 향을 맡는 느낌이다. 작은 꽃에서 묵직한 바닐라 향을 풍기는 환타지아라는 난도 있고, 파우더리하면서도 새벽의 신선함이 공존하는 향을 가진 신비로운 아이리스, 초콜릿 향이 나는 초콜릿 코스모스, 꿀처럼 녹진한 단향의 메리골드….

'월하향'이라고도 불리는 매혹적인 향기의 투베로즈는 부드러운 봄밤의 아카시처럼 시작되어 코끝을 톡 쏘는 듯한 독특한 라임 향기를 뿜어낸다. 그러다 다시 폭신한 잔향을 남겨서 한 켠에 꽂아두면 "어디서 이렇게 좋은 향이 나지?" 싶어 숨을 깊게 들이쉬게 된다.

우아한 향의 은방울꽃은 무겁지도 가볍지도 않은 화사한 향기에 라일락과 바닐라가 섞인 향이 묻어난다. 어느 한쪽에 치우침 없이 균형감이 좋은 향을 지니고 있어서 한껏 향기를 흡수하고 싶어진다. 꼬리한 냄새를 풍기는 작약이 있는가 하면 민트 향이 감도는 작약도 있고, 잎을 한 장 뜯으면 숲의 한가운데 들어와 있는 느낌을 주는 스모크트리나 파인애플 향이 나는 세이지, 후추 향을 닮은 모나르다(베르가모트), 풋사과의 향이 나는 모루셀라라는 꽃도 있다.

그리고 장미. 우리가 알고 있는 '장미향'과 달리 장미는 종류에 따라 향기도 제각기 다르다. 향이 없는 장미도 있고 신선한 베리류에서 나는 달달한 향을 가진 장미, 공항 면세점 향수 코너를 지날 때 나는 짙고 무거운 향을 풍기는 장미가 있는가 하면, 베이비 파우더처럼 달콤하고 따뜻한 향이 나는 장미도 있다. 심지어 패션프루트 에이드를 마실 때처럼 톡 쏘는 서늘한 향을 가진 장미도 있다.

향기를 설명하기란 얼마나 어려운 일인지. 학생들의 반응을 보면 "어머, 정말 장미 향이 나요!"라거나 "어머나, 장미에서 이런 향이 나네요?" 하기도 한다. '정말 장미 향'이라니 너무 귀여운 표현이 아닌가. 재미있게도 후각의 센서도 사람마다 달라서 '차밍'이라는 장미는 향이 강하게 난다는 사람도 있고, 향기가 전혀 나지 않는다고 말하는 사람도 있다. 향이 옅지 않고 강한데, 누군가는 그 향이 느껴지지 않는다니 신기할 따름이다. 각자 취향도 다르고 같은 향을 맡아도 다르게 인식되긴 하지만, 식물에서 나는 저마다의 향기는 대체로 마음을 감싸주는 느낌이다.

특히 허브들은 익히 알려진 대로 치유의 효과도 있다. 스트레스, 불면증, 우울증에 도움이 되는 라벤더나 집중력을 키워주고 기억력에 도움을 주는 로즈메리, '세이지를 심어둔 정원이 있는 집에서는 죽은 사람이 나오지 않는다'는 말이 있을 정

도로 만병통치의 효과를 가진 세이지나 긴장을 완화시켜주는 캐모마일 등.

한 가지 향만 맡아도 좋지만 두 가지 꽃 향이 만나 시너지 효과를 내기도 한다. 라벤더와 작약의 만남이나 옅은 사과 향이 나는 캐모마일과 무스카리의 만남이 그렇다. 핑크빛 장미와 상쾌한 민트도 어울린다. 이 꽃들이 모여 있으면 '이게 무슨 향이지?' 하며 부케에 얼굴을 파묻게 된다.

수업 시간에도 향기로운 꽃이 준비되면 학생들은 꽃을 한 송이 한 송이 꽂을 때마다 한껏 향기를 들이쉰다.(사실은 내가 제일 많이 들이쉬지만.) 역시 사람은 자연과 가까이 있을 때 마음의 평화가 찾아오는 법인데, 대부분 아스팔트 숲에 살다 보니 이런 작은 향기들이 더 소중하다.

그래서 특히 웨딩 부케를 만들 때면 향이 좋은 꽃을 섞는 걸 좋아한다. 너무 자극적이지만 않다면 다소 긴장될 수 있는 순간에 신부의 마음을 보드랍게 어루만져줄 수 있을 테니까. 향을 내는 꽃들 가운데 개인적으로 결혼식 부케에 사용하길 좋아하는 꽃은 무스카리, 스위트피, 은방울꽃, 투베로즈 정도다. 너무 강하지 않게, 살짝 코끝을 스치는 정도로 넣는다. 부케를 만들며 향기 나는 결혼식이 되기를 바라는 마음도 함께 담는다.

Fleurs
Magique
마법의 꽃

프렌치 스타일

요즘은 SNS 덕분인지 꽃을 꽂는 방식에도 나라별 스타일이 다르다는 걸 아는 이들이 많아졌다. 그래도 가끔 듣는 질문 가운데 하나가 "프렌치 스타일이 뭔가요?" 하는 것이다. 눈으로 보고 느껴야 알 수 있는 '스타일'을 말로 풀어내는 건 꽤 어려운 일이다. 질문에 대답을 하긴 하지만 여전히 어렵고, 당연히 정의하기는 더 어렵고, 대답을 하면서 뭔가를 새로 깨닫는 경우도 종종 있다.

한국에 많이 알려져 있는 '프렌치 스타일' 하면 대표적으로 플로리스트인 카트린 뮐러의 스타일인 경우가 많다. 일본만 해도 프랑스의 플로리스트가 여러 명 소개되어 있지만 아직 우리나라에서는 그녀가 대표적으로 알려져 있기 때문이다. 그렇다고 할지라도 적어도 나에게 카트린은 훌륭한 플로리스트이자 선생님이다. 요즘 그녀의 디자인은 내가 파리에서 꽃을 배울 때와 조금 달라졌지만 카트린의 꽃은 기본적으로 자연을 닮아 있다.

처음 유럽을 여행하게 되면 유럽의 모든 나라가 비슷비슷한 것 같지만 자꾸 가다 보면 나라마다 도시마다 주택의 스타일이나 건축 양식, 가로수의 모습도 다르다는 것을 알 수 있다.

꽃꽂이 분야로 말하자면 프렌치 디자인은 우선 자유롭다. 형식에 얽매이지 않고 소재의 특성을 최대한 드러내고 활용해 독특하면서 자유로운 느낌을 살려낸다. 그렇다 보니 꽃을 꽂는 사람의 개성도 자연스럽게 묻어나서 어렌지먼트를 만드는 이도 보는 이도 즐겁다. 같은 소재로 만들어도 각기 다른 결과물이 나오고, 가능한 한 자연에 가까운 어렌지먼트라서 오래 봐도 질리지 않는다는 점이 가장 큰 장점이 아닐까 싶다.

그중 가장 도드라지는 특징은 자연 소재를 최대한 활용한다는 점이다. 모든 디자인에 적용되는 건 아니지만 부케를 만들 때도 인위적인 소재는 최소한으로 줄이고 자연 소재로만 마무리하는 경우가 많다. 가장 대표적인 소재는 아이비와 호

엽란이다. 기다란 줄기에 잎사귀가 달린 덩굴 식물을 이용해 부케의 형태를 고정하고 끈 대신 길쭉한 호엽란을 이용한다. 혹은 센터피스를 만들 때도 플로럴 폼이나 치킨와이어를 사용하지 않고 만드는 경우도 있다. 머리끝부터 발끝까지 자연 소재로 만들어지는 꽃다발은 인위적인 소재가 들어가지 않으니 속부터 겉까지 모두 자연스럽다. 그야말로 자연에서 와서 자연으로 돌아가는 부케와 센터피스다. 플로리스트가 할 수 있는 범위 내에서 가장 친환경적인 방식이면서, 프렌치 디자인을 처음 접하는 사람들이 가장 신기해하는 모습이다.

카트린 뮐러나 크리스티앙 토르튀 외에 우리나라에는 많이 알려지지 않았지만 개인적으로 좋아하는 파리의 플로리스트를 꼽자면 에르베 샤틀랭Hervé Châtelain 세바스티앵 멩고지Sébastien Mengozzi, 에릭 쇼뱅Eric Chauvin, 프레데리크 가리그Frédéric Garrigues 정도이다.

세월이 제법 흘러서 그들의 꽃도 예전과 달라지긴 했지만 그들의 플라워 숍을 처음 가보았을 때의 감동은 지금도 잊혀지지 않는다. 에르베의 숍은 모던하다. 그러면서도 내추럴하고 언제나 디스플레이가 아름답다. 게다가 '플로리스트 아저씨'란 얼마나 멋진지…. 천장 끝까지 뻗어 있던 봄의 꽃가지들이 눈길을 사로잡던 날, 그곳에 디스플레이되어 있던 네모난 화기와 꽃을 사 와 호텔 방 안에 두고 보던 순간이 기억난다. 그 화병은 여전히 나의 작업실 한 켠에 자리하고 있다.

세바스티앵 멩고지는 숍을 한 번 옮겼는데, 포시즌스 호텔 맞은편에 있던 이전 공간은 압도적으로 아름다웠다. 자연스러우면서 세련됐고 툭툭 던져놓은 듯 무심한 모든 것들이 마치 원래부터 그곳에 있었던 듯 놓여 있어서 지나가는 이들의 눈길을 잡아끈다. 한번은 지나가던 영국 할머니 두 분이 숍에 들어와 넋을 잃고 시간을 보내는데, 정작 플로리스트인 본인은 누가 들어와 있건 아랑곳없이 짧은 인사를 건넨 뒤 손님들에게 공간을 내주고는 지하 작업실로 휘리릭 사라진다. 사진도 마음껏 찍으라면서. 공간의 크기와 상관없이 그곳에서 뿜어져 나오는 포스는 다른 곳에서는 느낄 수 없었다. 윌리 로니스Willy Ronis나 로베르 두아노Robert Doisneau의 사진을 보다가 앙리 카르티에 브레송Henri Cartier-Bresson의 사진을 볼 때 느끼는 그 시원함이랄까. 물론 지극히 개인적인 취향이지만.

에릭 쇼뱅의 숍은 매우 클래식한 느낌이다. 어느 토요일 오후에 방문했을 때는 클래식 음악이 꽃 사이로 흘러나오고 있었는데 당시 그의 헤어스타일도 상당히 클래식했다. 예술가답게 까칠하다는 소문이 자자했지만 그의 꽃은 더할 나위 없이 로맨틱하고 아름다웠다.

그리고 프레데리크 가리그의 숍은 어딘가 소박한 듯 우아하다. 어느 아름다운 들판을 옮겨놓은 듯 하늘하늘한 들꽃 같은 모습이 매우 곱고 따뜻한 느낌으로 기억에 남아 있다. 나이가 지긋해 보이던 플로리스트 아저씨의 인상만큼이나….

파리의 플라워 숍들은 저마다 개성이 강하고 꽃 스타일도 제각각이라 찾아다니며 구경하는 재미가 있다. “너도 했으니 나도 해야지” 식으로 따라하는 게 아니라 “네가 이렇게 했으면 나는 다른 걸 해야지” 하는 느낌이랄까. 실제로 파리의 플로리스트들은 서로의 작품 세계를 일부러 보지 않는다는 얘기도 들었다. 혹시나 영향을 받을 수도 있으니, 자신의 개성을 지켜나가는 나름의 고집일 테다. 그럼에도 유럽 어느 도시를 영상으로 만나면 스쳐 지나가도 어느 나라인지 짐작할 수 있듯이 플로리스트들의 꽃 스타일이 소개된 책에서 유독 프랑스 플로리스트들의 작품은 티가 난다.

꽃과 파리지엔

수업이 끝난 후 개선문을 뒤로하고 집으로 가는 길. 라벤더 향이 가득한 가든 부케를 품에 안고 건널목에 멈춰 서 있는데, 사람들의 눈길이 온통 나의 꽃에 쏠려 있다. 신호가 바뀌고 길을 건너야 하는데 발길이 떨어지지 않는다. 옆에 서 있는 중년 부인의 눈길이 내 꽃다발에 꽂혀 있어, 앞으로 나아가지도 못하고 머뭇거리는 중에 눈이 마주쳤다. 그제야 그녀는 정신을 차린 듯 수줍은 미소를 짓는다. 언제나 도도해 보이는 파리지엔에게서 쉽게 볼 수 있는 표정이 아니라서 기분이 좋다. 내가 디자인한 부케는 아니지만, 내가 만든 거라고 큰 소리로 말해주고 싶다. 나도 모르게 어깨가 으쓱하다. 자랑스럽다.

꽃 수업은 에너지 소모가 많아서, 하루치의 수업을 마치고 나면 긴장이 풀리며 온몸에 힘이 빠진다. 힘은 빠져나가도 마음만은 파리에서 누구도 부럽지 않은 부자가 된 듯 충만하다. 오늘 수업한 꽃은 꽤 무거운데 들고 갈 수 있겠느냐며 카트린이 걱정한다. 아래 플로럴 폼은 버리고 꽃만 가져가라는 것을 "아니에요. 저 힘 세요" 하면서 번쩍 드는데 웬걸, 꿈쩍도 안 하네. 하지만 꽃과 플로럴 폼을 분리시키고 싶진 않았다. 할 수 없이 남자친구에게 도움을 청했다.

그리고 우리의 목적지는 몽소 공원. 오늘 만든 이 꽃은 눈물이 날 정도로 마음에 들어서 집에 바로 가져가 혼자만 보기가 너무 아까웠다. 사진도 찍어주고 바람도 쐬어주고 싶은 마음에 공원을 찾은 것이다. 벤치에 앉아 있는데 옆자리의 할머니가 말을 걸어온다.

"봉주르, 꽃 멋지네요."

"메르시!"

"그 꽃, 마드무아젤이 혹시 잊고 가면 내가 가져가야겠어." 할머니가 눈을 찡긋 한다.

"네! 혹시 제가 잊고 가면 꼭 데려가세요." 나는 진심으로 화답했다.

말씀은 그렇게 했지만 할머니는 귀여운 미소를 남기고 먼저 자리를 떠났다. 이따 다시 한 번 와보겠다고 하시면서.

수업 시간에 만든 꽃을 손에 들고 파리 곳곳을 돌아다니면, 사람들이 나를 대하는 태도가 평소와 다르다는 걸 느낄 수 있다. 사실 나는 다른 사람들에게 그다지 신경 쓰지 않는 편이라, 누가 나를 어떤 시선으로 보는지 잘 알아차리지 못하는 경우가 많다. 그런데 '꽃을 들고 있는 나'는 '보통의 나'와 다른 대우를 받는 것은 확실히 감지된다. 한마디로 훨씬 친절하다!

빵을 사러 들어간 블랑제리에서는 "어머나! 태어나서 이런 꽃은 처음 봐요" 하면서 빵집의 온 직원들을 불러 모으기도 하고, 꽃을 꽂아둘 유리 화기를 사러 들어간 상점에서는 유달리 꼼꼼하게 화기를 포장해주며 꽃이 예쁘다고 칭찬한다. 처음 만나는 사람들이 눈웃음을 지어 보이며 말을 건네고, 버스에서는 꽃을 앉힐 자리도 양보해준다. 서울에서도 예쁜 꽃을 손에 들고 다니면 지나가는 사람들이 말을 걸어오고 칭찬을 해주는 경우가 종종 있지만, 뭐랄까… 파리 사람들은 반응의 농도가 다르달까. 파리라서 더 특별하게 느껴지기도 하지만 분명히 반응의 세기에서 차이가 난다. 일상에 꽃이 없으면 안 되는, 유달리 꽃을 사랑하는 사람들의 도시라서 그런 걸까?

눈이 즐거운 도시

처음 파리로 유학을 떠나려고 고민하고 있을 때 가장 도움이 된 조언은 파리에 가서 버틸 수 있을 때까지 버티다가 오라는 얘기였다. 디자인을 배우는 것도 중요하지만 볼 수 있는 만큼 보고 오라고 했다. 아마 내가 꽃을 전혀 모르는 초보자였다면 체계가 잘 잡힌 영국의 학교를 권했겠지만 이미 플로리스트로 경력을 쌓은 상태에서는 파리라는 도시가 주는 영감이야말로 가장 훌륭한 스승이라는 의미였던 것이다.

파리는 일단 눈이 즐겁다. 커다란 간판 대신 작고 무심히 주변 경관과 어우러진 특색 있는 간판이 아주 오래된 회색의 빛바랜 건물들 사이에서 또렷이 존재감을 드러낸다. 곳곳에 푸른 나무와 꽃이 있는 공원이 있고, 개성 있는 부티크, 갤러리, 책방도 즐비하다. 그 사이로 내리쬐는 햇살은 또 어떻고…. 흐릿한 날씨가 계속되다가 햇살이 반짝반짝 빛날 때는, 도시 전체가 문화유산이면서 예술 작품인 듯한 이곳에 붙여진 수식어 '세계에서 가장 아름다운 도시'라는 말에 고개를 끄덕일 수밖에 없다. 적어도 내가 다녀본 여러 도시 중에서 파리에 대적할 만한 곳은 없었으니까.

게다가 이 도시에는 멋진 플라워 숍이 곳곳에 있다. 그냥 무작정 길을 나서 돌아다니다가 혹은 버스를 타고 지나가다가 '앗, 저기 꽃집이다!'라고 마음속으로 외치는 일도 비일비재하다. 하지만 사람 눈이란 참으로 간사해서 처음 파리에 발을 내딛었을 때는 모든 플라워 숍이 예뻐 보이더니 시간이 지나고 꽃을 배우기 시작하면서부터는 조금씩 호불호가 생겼다. 그래도 매력적인 플라워 숍들은 여전히 나를 들뜨게 하고 눈을 즐겁게 해준다.

꼭 꽃집만 기웃거리는 것은 아니다. 예쁜 옷이 잔뜩 걸려 있는 부티크, 인테리어 소품과 가구로 가득 찬 매장은 언제 들러도 마음을 사로잡는다. 쇼콜라티에, 블랑제리, 식료품 가게의 진열과 인테리어를 구경하는 재미도 쏠쏠하고, 골목 모퉁이를 돌 때마다 나타나는 갤러리나 작은 책방을 둘러보는 것도 즐겁기는 마찬가지다. 게다가 언제든 루브르 박물관, 오랑주리 미술관, 오르세 미술관과 피카소 미술관에도 갈 수 있으니 얼마나 황홀한 일인지.

그중 플라워 숍만큼이나 나를 잡아끄는 곳은 파리 여기저기서 열리는 벼룩시장과 빈티지 상점, 앤티크 마켓들이다. 4호선 끝에 있는 벼룩시장 클리냥쿠르Clignancourt나 주말마다 열리는 마르셰를 비롯해 골목 곳곳에 숨어 있는 빈티지 가게들. 때때로 앤티크 페어가 열리기라도 하면 책 속에서나 보았던 샹들리에나 영화에서나 등장할 법한 의자나 테이블들도 나타난다. 세월의 흔적이 고스란히 느껴지는, 뚜껑도 열리지 않는 틴 케이스나 유리병을 1~2유로로 살 수 있고, 나폴레옹 시대의 아름다운 초록색 유리그릇을 만날 수도 있다. 저 멀리서부터 눈에 띄는 예쁜 리본을 발견하고 달려가기도 하고, 한눈에 매혹된 꽃이 그려진 화병에 이끌려서 바로 하나를 사고, 다른 하나가 눈에 밟혀 그다음 날 또 찾아가기도 한다. 하긴 파리에 도착한 첫날부터 이탈리아에서 왔다는 콘솔을 덥석 사버렸을 정도니까.

워낙 오래된 물건을 좋아하는 터라 파리에서는 이런 곳들만 돌아보기에도 늘 시간이 부족하다. '아, 그래서 오래된 꽃도 잘 버리지 못하는 건가.' 나이를 먹어가는 꽃들에게 애착

이 가는 것도 오래된 것을 좋아하는 습성과 닿아 있는지도 모르겠다. 나무가 숨 쉬는 공원에서 깊게 숨을 들이쉬며 거닐고, 햇볕을 쬐고, 카페에서 나른하게 늘어져서 보내는 시간도 필요하니, 나에게 파리는 늘 여유로우면서도 바쁠 수밖에 없는 도시다.

자신이 살던 곳보다 넓은 세상으로 나가면 좀 더 폭넓고 다양한 장면과 풍경을 만날 수 있다. 그 속에서 보이는 대부분은 직접적으로 혹은 간접적으로 나의 감성에 영향을 미친다. 그리고 농익은 감각은 손끝을 타고 내려온다. 색감은 더욱 풍부해지고 디자인 감각은 새로워진다. 그 덕분에 표현할 수 있는 디자인도 더 많아진 듯하다. 내 경우에는 파리에서 보낸 열두 달의 시간과 그 외의 여행지에서 보낸 날들이 분명 나의 자양분이 되고 있다.

RESTAURANT
L'ALIVI

Fondé en 1512
d'Arcole

파리의 공원

파리가 아름다운 이유 중 하나는 공원 때문이 아닐까? 파리지엔이 가장 사랑한다는 뤽상부르 공원과 두 번째로 좋아한다는 몽소 공원을 비롯해 일직선으로 이어지는 개선문과 피라미드 사이의 튀일리 정원, 주말이면 동네 꼬마들이 엄마 아빠의 손을 잡고 산책 나오는 팔레 루아얄 정원, 과실수가 많은 카트린-라부레 정원, 유쾌한 친환경 공원인 바티뇰 광장, 이른 아침에 산책하기 좋은 몽수리 공원, 지하철역의 엄청난 악취를 풍기는 엘리베이터만큼이나 인상적인 그러나 너무 좋아하는 뷔트 쇼몽 공원, 오래된 와인 창고가 있는 베르시 빌라

주 옆의 베르시 공원, 내가 특히 좋아하는 프티 팔레의 정원, 그리고 한 번 들어가면 빠져나오기 힘든 뱅센 숲이나 블로뉴 숲 등 크고 작은 공원들이 발길 닿는 곳마다 나타나고, 아픈 다리를 쉬어 갈 수 있는 벤치도 쉽게 발견할 수 있다.

화장실 인심, 물 인심은 우리나라에 비할 수 없지만 휴식 공간의 인심만큼은 정말 후하다. 도시가 아름다우니 많이 걷고 싶고, 또 많이 걸어 다닐 수밖에 없는 구조이다 보니 걷다가 힘들면 쉬어 가라는 뜻인가 싶기도 하다. 드넓게 펼쳐지는 초원이나 웅장한 자연이 아니라도 이처럼 소소하게 자연을 편히 접할 수 있으니, 가끔 파리지엔의 삶이 부럽다.

휴식이 필요하거나 나무 냄새를 맡고 싶을 때, 한여름의 더위를 식히고 싶을 때, 책을 읽고 싶을 때, 수업과 수업 사이 점심으로 샌드위치를 먹을 때도 찾게 되는 공원. 한창 걷다 보면 이름 모를 꽃들을 만나기도 하고 엊그제 수업 시간에 썼던 시계초 넝쿨을 발견하기도 한다. 우리나라 꽃시장에서는 꽤 비싼 몸값을 자랑하는 꽃들이 한쪽에 가득 피어 있거나, 파리에 오기 전에 예쁘다고 감탄하면서 사용했던 소재가 흐드러지게 가지를 뻗고 있는 모습도 목격할 수 있다. 귀여운 꼬마 아이들이 작은 말을 타고 지나가고, 튀일리 정원에서는 풀을 뜯고 있는 염소를 맞닥뜨리는 날도 있다.

언제나 내게 가장 큰 관심사는 꽃이니까 지나가는 길가의 작은 들꽃이나 어느 집 창가의 아이비 화분도 그냥 지나치지 못하는데 파리에서는 너무 일상적인 풍경이다 보니 대개는 '아, 예뻐라' '어머 저 아이비 좀 봐' '어, 노랑 클레마티스는 처음 보는 것 같아' '이 녀석은 본래 이렇게 자라는 아이구나' 하면서 슬렁슬렁 지나치게 된다. 그러다가 때때로 나도 모르게 튀어나오는 외마디 소리에 소스라치게 놀라기도 한다. '아니, 헬레보루스와 피어리스가 이만큼이면 대체 얼마야!'

처음 꽃을 시작했을 때는 길가에 흐드러지게 피어 있는 수국만 보아도 가슴이 두근거렸다. 예쁜 꽃만 보면 뭔가 만들고 싶은 충동에 사로잡히곤 했다. 이제 그 단계는 훌쩍 지났는지 지금은 땅에 피어 있는 꽃들을 보면 그저 아름답다. 모든 것은 제자리에 있을 때 가장 빛나는 법이라는 걸 깨달은 걸까?

파리에서 산책의 즐거움을 선사해준 공원이나 묘지들, 때때로 파리 끝자락의 숲까지…. 자연 속을 산책하고 나면 마음 가득 나무 향기로 충전되어 알 수 없는 힘이 솟아난다.

벚꽃 카펫과 장미 아치

봄이었다. 파리에서 체류증을 갱신하러 다녀오는 길. 신경 쓰이던 일을 마치고 나서 마음이 홀가분해진 탓일까? 어느 모퉁이를 돌아서는데, '아!' 하고 속절없이 감탄하고 만다. 눈물이 날 만큼 아름다운 광경에 나도 모르게 걸음을 멈춘다. 혼자 보기에는 너무 아까운 장면이다.

몇 번이나 지나다니던 길인데 여기에 이런 곳이 있었나? 시원하게 가지를 뻗은 벚나무 몇 그루가 서 있을 뿐인데, 다른 세상에 들어온 듯 바닥이 온통 핑크빛이다. 넋을 잃고 바라보다가 얼른 카메라를 꺼내 눈에 보이는 나무와 꽃잎을 렌즈에 주

워 담는다. 그러다가 슬며시 꽃잎 무리에 올라서니 폭신폭신한 게 마치 카펫 같다. 잎사귀가 이미 나왔으니 꽃잎들은 떠날 차례구나. 벌써 이렇게 봄이 되었나 봐. 시간은 바람에 날리는 꽃잎처럼 빨리도 흘러가는구나.

봄이 지나고 나면 나는 파리를 떠나야 한다. 분홍 카펫 한 장면에 온갖 생각이 머리를 스친다. 무심코 지나치며 눈에 띄지 않던 곳이 꽃나무 몇 그루 덕분에 전혀 새로운 곳으로 보이니 흡사 마법 같다. 꽃이 피어 있는 이 순간은 꽃처럼 예쁜 공간이었다가 꽃이 지고 나면 다시 평범해지는 마법.

그리고 시간이 흘러, 파리에서의 나날이 몇 달 남지 않은 늦은 봄이었다. 수업 시간에 만든 꽃다발을 들고 도착한 집 근처의 버스 정류장. 어쩐지 오늘은 한 번도 가지 않았던 길로 가 보고 싶어서 동네의 프낙 서점 맞은편의 골목길로 들어섰다. 어쩌면 책에서 보았던 플라워 숍으로 향하는 길이었는지도 모르겠다. 잘 기억은 나지 않지만 낯선 길로 들어서니 마치 여행을 떠나온 기분이었다. 거기서 멋진 플라워 숍을 발견한 순간은 바닥에서 5센티미터쯤 붕 뜬 느낌이었다.

안팎을 살짝 구경하고 나오는 길, 옆에 작은 공원이 있기에 잠시 앉았다 갈까 싶어 입구를 찾다가 순간 놀라운 광경과 마주했다. 천국으로 들어가는 문인가 싶은 착각이 들 정도였다.

작은 공원 초입에 향긋하고 탐스러운 핑크빛 가든 장미로 만들어진 아치, 도저히 그곳을 지나쳐 안으로 들어갈 엄두가 나지 않았다. 분명 장미를 아주 좋아하지는 않았는데, 이런 장미라면 '꽃의 여왕'이라는 말에 충분히 수긍할 수 있을 것 같았다.

그리고 몇 년 후 다시 찾은 파리 여행길. 동행한 언니와 함께 또다시 그 동네를 찾았다. 때는 4월 초였다. 날씨가 아직 쌀쌀하고 꽃들이 많이 피어 있지 않을 시기라서 크게 기대하지는 않았다. 그런데 여기가 그때 거기가 맞나 싶을 정도로 분명 같은 곳인데도 느낌이 전혀 달랐다. 그날의 장미 아치를 보지 않았다면 그저 작은 공원에 지나지 않았을 테지만, 이미 보아버린 터라 아쉬웠다. 천국으로 들어가는 입구가 닫혀버린 듯했다. 마치 호그와트행 열차를 타야 하는데 9와 3/4 승강장이 닫혀버린 것처럼…. 정말이지 꽃이 부리는 마법인가 보다. 다시 흐드러지게 장미가 피면 천국의 문이 열릴 테지.

종종 왜 꽃이 좋냐는 질문을 받을 때면 언제나 "예쁘니까요"라고 답하곤 했다. 그런데 마법의 벚꽃 카펫과 장미 아치를 마주한 이후로는 조금 바뀌었다. "예뻐서요. 금세 사라지기 때문에 더 아름다운 게 아닐까 생각해요."

플로리스트들의 공간

파리에서 만난 꽃의 공간은 굉장히 모던하거나 산책을 나온 숲 같다. 혹은 어디에 눈을 둘지 알 수 없을 만큼 어수선하거나 군더더기 없이 깔끔하다. 저마다 개성을 담고 있어서 몇 번을 가도 지루하지 않다. '꽃 예술 부티크'로 스스로를 명명한 플라워 숍 데샹Deschamps은 숍 안의 작업 공간에서 금속성의 느낌이 난다. 입구에 붙어 있는 커다란 물조리 모양의 로고부터 작업대와 소품, 틴케이스 등이 모두 함석 재질로 되어 있고 꽃과 함께 어우러져 데샹만의 예술적인 공기와 에너지가 느껴진다. 메종 스테판 샤펠Maison Stéphane Chapelle은 단정하고 깔

끔한 실내 공간에다 가게 앞에 늘 커다란 화분이 놓여 있어서 지나가는 이의 눈길을 잡아끈다. 수국의 계절에는 아름다운 색의 수국이 한가득, 장미의 계절에는 덩굴장미가 한가득 놓인다. 작업장 안쪽에도 키가 큰 꽃들이 천장까지 닿아 있다. 그래서인지 플로리스트의 강렬한 힘이 느껴지는 한편 정말 숲 같은 편안함이 전해지기도 한다.

파티셰에게는 빵집이, 셰프에게는 레스토랑이, 카페 주인에게는 다른 이의 카페가 그럴 테지만 플로리스트에게는 다른 플로리스트의 공간이 호기심의 대상이다. 사실 한국에서라면 다른 꽃집에 선뜻 들어서기가 쉽지 않지만, 장소가 외국이라면 조금 달라진다. 사진을 찍어도 괜찮은지 묻고는 이내 아름답다고 감탄하다가 한두 마디 주고받게 되기도 한다.

들어서자마자 바닥에 픽업을 기다리는 꽃다발이 놓여 있는 클래식한 분위기의 어느 플라워 숍은 이른 아침부터 손님으로 북적이고, 숍의 벽면이 버티컬 가든으로 되어 있어 눈길을 확 잡아끈다. 올리브색 외관이 여성스러운 분위기를 풍기는 또 다른 숍은 내부도 차분하고 나긋나긋하다. 그런 곳은 놓여진 꽃도 같은 분위기를 풍긴다. 화창한 어느 날, 몽마르트르 근처를 지나다가 만난 꽃집은 바깥에 놓인 알록달록한 꽃 화분이 시선을 사로잡았고, 오르세 미술관과 가까운 어느 숍

은 늘 빈티지 책을 이용한 디스플레이가 인상적이었다. 또 어떤 곳은 작은 동굴 속에 들어와 있는 듯한 느낌을 주고, 모든 것이 원래 있어야 할 자리에 놓인 것처럼 완벽하게 자연스러웠다. 아마도 플로리스트의 눈길과 손길이 닿는 대로 툭툭 놓아둔 것일 테지만, 떨어진 꽃잎 사이에 놓여 있는 가위조차 아름다웠다. “아, 정말 예뻐요” 하고 얘기를 건네면 활짝 핀 장미꽃 한 송이를 선물로 주기도 한다. 여행지에서 오래 머물 때는 근처의 소박한 꽃집에서 들꽃 같은 아이들을 한 아름 사다가 숙소에 꽂아두기도 한다.

이른 봄의 파리에 가면 온갖 꽃집에 벚꽃이 꽂혀 있는 모습을 만날 수 있다. 안 그래도 봄이라 화사한데 진열창을 가득 채운 벚꽃 가지를 보고 있자면 정말 ‘황홀하다’는 말이 절로 나온다. 그리고 파리에 들를 때면 어김없이 찾아가는 나의 스승 카트린 뮐러의 공간. 이곳은 왕궁의 오래된 마구간을 개조한 곳으로, 카트린은 벽의 질감과 어울리는 컬러를 찾기 위해 오래 고심했다고 한다. 차분한 그레이 톤을 바탕으로 콘크리트 블록이나 금속 작업대를 추가해 도시적인 분위기를 살렸다.

파리에서 꽃집들을 찾아 헤매던 어느 날, 별 생각 없이 새 신발을 신고 나선 탓에 뒤꿈치는 까지고 발가락에는 물집이 잡혀서 급기야 맨발로 걸어 다녀야 했다. 그런데도 예쁜 플라워 숍에 들어서면 조금 전까지 발이 아팠다는 사실이 까맣게 잊혀졌다. 그러다가 한참을 구경하고 나오면 그때부터 다시 발이 아프기 시작했다. 꽃에 매혹되면 통증마저 잊는 걸까, 신기한 체험이었다.

언제나 파리의 꽃집 투어는 즐겁다. 지금은 구글맵을 켜고 쉽게 찾아가지만, 당시만 해도 종이 지도를 보고 다니던 시절이었다. 워낙 길치인 터라, 누군가가 곁에서 도와주지 않으면 나로서는 쉽지 않은 일이었다. 하지만 힘들어도 기운이 퐁퐁 나는 훌륭한 현장 학습이었다. 지금은 사라진 곳도 많고 분위기가 달라진 곳도 많지만, 사진 속에 담아온 꽃집들을 보면서 다시 기억을 떠올리니 여행을 떠나고픈 마음이 불쑥불쑥 생기는 것은 행복한 부작용이다.

다시 찾은 파리

그를 처음 만난 건 생미셸 거리의 분수대 앞이었다. 마침 친한 선배가 동생이 파리에서 사진을 공부하는 중이라며, 그에게 이것저것 물어보고 도움도 받으라면서 동생의 연락처를 건네주었다. 그리고 그날 그와 만난 것이다.

그는 꽃을 공부하러 파리로 왔다는 나를 의아한 눈빛으로 쳐다보았다.

"파리엔 꽃집이 별로 없는데…. 파리를 구석구석 다녀봤지만 꽃집은 못 봤거든요."

"그럴 리가요. 파리에 예쁜 꽃집이 얼마나 많은데요."

"이상하네. 별로 없는데…."

그는 내 대답을 듣고도 여전히 고개를 갸우뚱했다.

그리고 다음 날, 나를 도와주러 함께 온 언니와 함께 셋이 저녁 늦게까지 돌아다니다가 알마 마르소 거리를 지나 집으로 돌아가는 길이었다. 담쟁이로 뒤덮인 작은 플라워 숍에서 불빛이 새어 나오는 게 눈에 띄었다. "어, 꽃집이다!"를 외치며 달려가서 유리창에 매달리다시피 해서 들여다보니 지하 작업실로 내려가는 플로리스트의 뒷모습이 보였다. '와, 늦게까지 일하는가 보다.'

진열창에만 조명이 켜져 있어서 안이 잘 보이지는 않았지만, 특별한 분위기를 풍기고 있었다. 파리에 와서 처음 발견한 플라워 숍! 매력적이었다. '밝을 때 다시 와봐야지' 하며 마음속으로 다짐하고는, 숍의 이름이 새겨진 간판과 길 이름을 사진으로 남기고 돌아서는데 가슴이 벅차올랐다. '내가 지금 파리에 있구나. 꿈꿔오던 파리에서의 일 년이 이제 막 시작되고 있구나.' 그렇게 처음 그와 함께 발견한 보석 같은 플라워 숍은 파리의 3대 플로리스트 가운데 하나인 세바스티앵 멩고지의 숍이었다.

그날 이후부터 나를 따라나선 그는 만날 때마다 지금까지 눈에 띄지 않던 꽃집들이 많이 보인다며 놀라워했다. 처음 만남에서 파리에는 꽃집이 없다며, 꽃을 공부하러 온 나를 신기

해하던 그 사람이 일 년 후에는 우리가 처음 갔던 세바스티앵 멩고지의 숍을 혼자 찾아가 가을의 장식들을 사진에 담아 메일로 보내주었다. 일 년에 한 번, 엘리제 궁을 개방하는 날에는 5시간씩 줄을 서서 들어가 대통령궁의 꽃들을 촬영해 보내주기도 했다.

결혼한 사람들에게 정말 궁금한 한 가지는 처음에 상대방이 내 짝이라는 걸 어떻게 알아봤을까 하는 것이다. 서로가 인연인지 어떻게 알 수 있었을까? 이 사람과 평생을 함께하겠다는 중대한 결정을 어떻게 내릴 수 있었을까? 그게 늘 궁금했다. 그 답을 알게 된 건, 파리에 도착하고 72시간쯤 지난 후였다. 파리에 도착한 다음 날 생미셸 분수대 앞에서 처음 만나기로 약속했고, 그다음 날은 개선문 아래에서 만났고, 그리고 세 번째, 네 번째 날을 함께 보내고 난 뒤였다.

그는 파리에서 일 년을 살기 위해 가재도구를 사야 하는 나를 이케아에 데려다주었고, 예쁜 소품이 가득한 아비타Habitat를 소개해주었다. 뿐만 아니라 무거운 텔레비전을 들고 지하철을 타고 와서 엘리베이터도 없는 7층 스튜디오에 설치까지 해주고 갔다. 한밤중에 졸린 눈을 비비며 루브르를 돌아다녔고, 해 질 무렵 낭만이 가득한 퐁데자르 위에서 에펠탑을 바라보며 성시경의 노래 〈두 사람〉을 같이 들었다. 뜨거운 한여름엔 뤽상부르 공원에서 함께 더위를 식혔다. 그는 숨어 있는 공

원들을 안내해주었고, 감기에 걸리면 진한 쇼콜라쇼를 마시러 가자며 내 손을 잡아끌었다. 오르세 미술관에서《클림트》전을 보기 위해 두 시간씩 줄을 섰고, 몇 년 만에 문을 연 오랑주리 미술관에 같이 갔고, 파리에 있는 플라워 숍을 찾아다닐 때도 그는 곁에 있어주었다. 나의 이십 대 마지막 나날을 함께 해준 사람이었다.

그렇게 파리 구석구석을 함께 걸어 다니며 나는 비로소 깨달았다. 인연이 있으면 서울이든 파리든, 어디에서라도 만나게 되어 있다는 것! 그리고 만나면 금세 알아볼 수 있다는 것!

그리고 꼭 6년 만에 다시 파리를 찾았다. 이번에는 그와 함께였다. 샤를드골 공항에 도착해 버스를 타고 호텔로 향한다. 짐을 풀고 가벼운 마음으로 길을 나서니 마치 중간의 몇 년은 사라지고 예전의 순간들이 계속 이어지고 있는 것만 같다. 달라진 건 우리의 관계뿐이다. 남자친구에서 이제는 남은 생을 함께할 동반자로….

하나도 변하지 않은 것도 같고 생각보다 많이 변한 것도 같은 이 도시는 여전히 우리에겐 너무나 소중한 곳이다. 파리에서 함께 보낸 일 년은 변하지 않는 보석처럼 언제 꺼내보아도 반짝거리는 추억들로 가득하다. 그리고 우리는 언제나 파리가 그립다.

Femm

Les Quatre Saisons

사계절의 꽃

봄

봄. 경쾌한 계절이다. 돋아나는 새싹의 연한 연둣빛은 한없이 사랑스럽고 살며시 터지는 꽃봉오리는 아름다운 계절이 왔다고 속삭이는 듯하다.

파리에서 긴 겨울을 보내고 처음 맞이한 어느 봄날, 길을 걷다가 온통 연둣빛으로 반짝이는 풍경에 걸음을 멈춰 선 적이 있다. 바로 카페 드 플로르와 그 옆의 카페 레 되 마고가 바로 보이는 거리였다. 분명 낯익은 풍경인데 전혀 다른 장소 같았다. 파리가 이 정도로 아름다웠나? 유학을 오기 전 파리를 몇 번 여행했을 때는 여름이었고, 유학생으로 보낸 일 년의 긴 여행은 가을에 시작되었으니, 파리의 봄은 처음 만났던 것이다. 나무 끝에서 돋아난 어린잎들이 만들어내는 싱그러움이란…. 새싹이 연둣빛 그림을 그리는 벽은 이루 말할 수 없이 사랑스럽다. 벚꽃이 흐드러진 노트르담의 뒷모습은 또 얼마나 아름다운지…. 한국의 흰분홍 벚꽃과는 달리 진하고 탐스러운 벚꽃 송이가 아찔한 핑크빛 향연을 펼친다.

봄의 매력은 긴 겨울을 보낸 뒤에 슬며시 온기를 뿌리며 찾아오는 데 있지 않을까? 유난히 추운 시간을 보내고 난 뒤에 만날 수 있는 향기로운 꽃과 연하디연한 어린잎들. 새 생명은 언제나 사람을 들뜨게 하니까. 작업실 안의 공기도 가벼워지는 게 느껴진다. 봄은 다채로운 꽃들을 실컷 만날 수 있는 진정한 '꽃의 계절'이다.

여름

보슬보슬한 풀들과 꼬불거리는 넝쿨이 벽을 휘감는 여름. 나에게 여름은 되레 일 년 중 가장 시원한 계절이다. 물론 체감 온도는 높지만 숲의 내음이 물씬 나는 부케를 마음껏 만들 수 있기 때문이다.

나는 유난히 여름 소재들을 좋아한다. 봄꽃은 사랑스럽고 가을꽃은 운치 있고 겨울꽃은 화려한 데 반해 여름꽃은 더위를 잘 이기는 잔잔한 느낌의 소재들이 많다. 소박하면서도 하늘거리는 느낌이 좋다.

초여름에 시작되는 클레마티스의 계절. 늦가을까지 이어

지긴 하지만 여름의 클레마티스가 제일 예쁘다. 연약해 보이지만 더운 날씨에도 가장 오래 살아남는다. 생각해보면 나는 '여름의 클레마티스'를 사랑하는 것 같다. 늦가을이 되면 미련 없이 보내주고, 봄부터 다시 기다린다. 이 녀석이 얼른 나와주기를….

클레마티스뿐만 아니라 페니쿰, 유니폴라, 스모크트리, 하늘타리, 옐로 셀서피…. 여름이면 만나볼 수 있는 시원한 소재들이 있어서 더위가 그리 힘들지만은 않다.

가을

운치 있는 가을이 되면 농도 짙은 색의 꽃들이 나오기 시작한다. 붉은빛 달리아는 여름부터 나오지만 왠지 가을이 제철인 것 같아서 손이 자주 간다. 코스모스도 함께!

게다가 가을은 여름 동안 힘들어하던 꽃들이 다시 힘을 내는 계절이기도 하다. 하루 이틀씩 수명이 길어지고 시원한 바람이 불어오면 사람과 마찬가지로 꽃들도 견디기 수월해진다. 발코니에 내놓은 아이비, 마삭줄은 아침 저녁 온도 차에 붉게 물들어간다. 정말 자연은 신비롭다. 이렇게 붉게 물들었던 꽃들을 겨울이 되어 실내로 들여놓으면 도로 초록색으로 변하니 말이다.

여름 내내 시원한 분위기의 꽃을 만들었다면, 가을에는 계절 따라 부케, 센터피스의 색이 깊어지고 진한 색의 소재들에 손이 많이 간다. 봄에는 꽃, 여름에는 초록을 누렸다면, 이제 열매와 단풍을 만끽할 차례니까. 해마다 조금씩 짧아지는 것 같아서, 가을을 놓기가 더 쉽지 않다.

겨울

차가운 날씨를 잊게 해주려는 듯 겨울꽃들은 정말 화려하다. 겨울이 다가오면 어김없이 기다려지는 꽃이 있다. 바로 라넌큘러스와 아네모네, 그리고 헬레보루스다.

동글동글한 얼굴에 노랑, 빨강, 와인색, 오렌지, 살구, 핑크, 연한 분홍, 그린, 화이트 등 다양한 컬러에 다양한 크기와 모양을 가진 라넌큘러스는 누구라도 거부하기 어려운 꽃이다. 그리고 이 꽃과 손잡고 등장하는 아네모네. 이 두 녀석은 무려 반년 동안 시장에서 볼 수 있는데 봄이 되어 새로운 꽃들이 등장할 때쯤이면 조금 지루해지다가도 다음 겨울의 첫 만남은 여행에서 돌아온 애인이라도 만난 것처럼 설렌다.

그리고 겨울의 가장 좋은 점은 꽃들이 다른 계절보다 월등히 오래 곁에 있어준다는 것이다. 수업 시간에 2주 혹은 3주 전의 꽃들이 아직도 씩씩하게 잘 있다는 소식을 전해 들으면 결혼해서 타지에 살고 있는 친구의 안부라도 들은 것처럼 반갑다.

언제나 그렇지만 계절의 끝자락이 다가오면 다음 계절이 기다려진다. 새로운 꽃을 기다리는 마음과 이번에는 어떤 새로운 소재가 나와줄까 하는 기대감이 부풀어 오른다.

Mise en Fleurs
꽃의 장면

사랑스러운 날을 위하여

예전에 나에게 오랫동안 꽃을 배우던 그녀가 어느 날 결혼해서 아기를 낳고 일 년이 지난 가을날. 정성 들여 단장한 고요한 한옥에서 여는 아기의 첫 생일파티에 꽃을 장식하고 싶다고 연락이 왔다. 아마 여름이 시작될 무렵이었나 보다.

그리고 미리 찾아간 한옥. 바깥에는 관광객들이 북적거리는데, 나무문 하나를 사이에 두고 어쩜 이렇게 고즈넉한지….
하루 종일 앉아서 하늘만 바라보고 있어도 좋을 것 같다. 아기의 생일파티가 열리는 10월의 하늘을 떠올리면서 한옥의 구석구석을 눈에 담고 사진에 담으며 머릿속에 꽃 디자인을 위한 스케치를 쓱쓱 그려본다.

가을에 어울리는 색과 한옥의 분위기를 살리고, 뿌리가 있는 식물을 같이 두면 나중에 마당에 심어도 좋을 것 같다. 이때부터는 머릿속 한쪽에 방이 하나 만들어진다. 다른 일을 하면서도 한쪽에서는 어떻게 하면 좋을까, 어떤 꽃이 좋을까, 컬러는 어떻게 할까, 여러 생각이 쉬지 않고 이어진다. 꽃을 다루는 일도 사람마다 스타일이 다른데, 나는 스케치는 잘 하지 않는 편이다. 머릿속에서 계속 상상하고 시뮬레이션을 하다가 마지막에 한 장 스윽 그려보고는 그날 챙겨야 하는 목록을 적어 나간다.

마침 행사 직전에 여행 스케줄이 있어서, 귀국하는 날을 조율하고 돌아오자마자 준비를 시작했는데 날씨가 너무 좋았다. 10월 초의 가을 하늘은 어쩜 이리도 높고 파란지. 시간 가는 줄 모르고 준비하다 보면 몸은 지쳐도 마음의 에너지는 충전되는 듯해서 즐겁다. 상상 그 이상으로…. 하루 전날 할 수 있는 일들을 마치고, 내일 날이 맑기를 바라며 퇴근한다.

그리고 행사 당일. 토요일 이른 아침에 조용한 삼청동을 지나 역시 사람이 별로 없는 가회동 한옥마을을 만끽하며 꽃을 꽂는다. 언젠가 오늘의 주인공인 지율이가 사진을 보면서 자신의 첫 생일을 기쁘게 기억할 수 있도록 온 마음을 다한다.

오늘도 사랑스러운 날을 위하여

시간이 또 흐르고 흘러 한옥에서 첫 생일을 맞았던 지율이는 언니가 되었고, 오늘은 동생 소율이의 첫 생일파티를 준비하는 날이다.

이번에는 양평에 사시는 외할머니, 외할아버지의 주말 주택에서 열리는 가든파티다. 6월에 이곳에 와서 달콤한 공기를 마시며 정원을 둘러보고 난 뒤 역시 머릿속에 방을 하나 만들었다. 이번에는 정원 안의 두 공간을 아름답게 만들어야 하니 방을 좀 더 크게 잡는다. 그리고 장소가 서울과 떨어진 양평이니까 뭐 하나 빠뜨리는 것 없이 디테일하게 챙겨야 하고, 10월에는 해가 지기 전에 준비해야 하니 시간 배분도 잘 해야 한다.

당연한 얘기지만, 시간이 넉넉할수록 준비를 꼼꼼히 할 수 있고 디자인도 충분히 구상할 수 있다. 역시 많이 고민하는 만큼 결과도 좋아진다. 물론 현장에서는 변수도 많고, 즉흥적으로 해야 하는 작업들이 분명히 있지만 든든한 지원군들과 함께 하면 그 부분도 걱정이 줄어든다.

계속 머릿속으로 생각을 펼쳐내다가 한 달쯤 전에 소품부터 준비한다. 행사 직전에 명절이 있으니 그전에 꽃을 제외한 모든 준비를 마치고 2주 전쯤 되면 잠을 자면서도 디자인 구상을 멈추지 못한다. 그러다 보면 꽃시장에 꽃이 없는 꿈도 어김없이 찾아온다.

마지막 스케치를 하고, 가져갈 목록을 하나씩 적어가며 짐을 챙겨두고 가장 중요한 꽃을 준비하는 날. 혹시나 늦잠을 잘까 걱정돼 이런 날은 꼭 잠을 설친다. 이른 아침 꽃시장에서 꽃을 고르고 차에 싣고 나면 그때부터는 마음의 평화가 찾아온다. 꽃을 사기 전에는 두근두근하다가 소재를 다 고른 후에는 가장 큰일을 끝냈으니 마음이 편해지고, 이제부터는 꽃을 꽂을 일만 남았으니 신이 나는 거다.

싱싱한 꽃들을 물에 담그고 기분 좋은 바람과 온도, 따스한 햇살 아래에서 꽃을 꽂으면 이보다 더 좋을 수 없다는 기분이

든다. 도와주러 온 S의 말처럼 "일하러 온 게 아니라 고급 취미생활을 하러 온 것 같아요" 하는 기분이랄까.

하나둘 꽃이 채워지고, 완성되어가며 머릿속에 들어 있던 그림이 눈앞에 나타나는 순간을 정말 사랑한다. 예측이 가능할 때도 있지만, 상상 속에 있던 장면이 어떻게 펼쳐질지 백퍼센트 확신할 수는 없기에 어떤 장면이 만들어질까 나도 궁금할 때가 있다. 생각보다 근사한 결과물이 나오면 그보다 더 뿌듯할 수 없다. 그래서 어떤 때는 '이제 내가 나를 믿어도 되지 않을까' 하는 생각도 든다. 하지만 그게 맘대로 되지는 않아서 계속 온 마음을 쓰고 에너지를 쏟아야 마음이 놓인다. 방심해도 안 되고 자만해도 안 된다는 걸 너무 잘 알기에….

이 일이 정말 좋은 건 누군가의 기쁜 날, 행복한 날을 함께 준비할 수 있다는 것이다. 그리고 중요한 건 나를 믿고 온전히 맡겨주는 마음에 제대로 부응하는 것이다. 그날도, 다음 날도, 일주일이 지나도 꽃이 너무 예뻤다고, 아직 예쁘다고 전해줘서 그 어느 때보다 행복했던 10월이었다.

반짝반짝한 10월에 태어난 아가들, 지금처럼 예쁘고 건강하게, 사랑 듬뿍 받으며 행복한 사람으로 자라나렴!

FLORA
SYNTHETICA

그럼에도 불구하고

어쩌지? 내일부터 닷새 동안 작업실이 비어 있을 텐데…. 손을 분주하게 놀리며 남아 있는 꽃들을 다시 다듬어서 어울리는 화병에 꽂아두고 있다. 누구에게라도 나누어주면 참 좋을 텐데, 오늘은 시간이 너무 부족하다. 닷새의 휴가를 보내고 오면 분명 꽃들이 다 늘어져 있을 테고, 냄새도 날 텐데 그렇다고 살아 있는 녀석들을 버릴 수는 없지 않은가.

특히 여름철에는 주말만 지나고 와도 꽃잎을 다 떨어뜨리고 시들어 있는 경우가 많다는 사실을 알면서도 차마 버리지 못한다. 때때로 큰맘 먹고 버렸다가 다시 휴지통에서 꺼낸 적도 여러 번이다. 어쩌면 좋을까. 살아 있는 꽃을 버리는 방법을 아직 모르겠다.

그대로 둔 채, 마지막 인사를 하고 돌아선다.

며칠 있으면 시들어버린다는 이유로 꽃을 버릴 수는 없지만 멍하니 손놓고 보고만 있을 수도 없다. 가능하다면 그 사이, 중간 지점을 잘 찾아줘야 꽃들도 가는 길이 편안하지 않을까.

어느 순간 그런 생각이 들었다. '꽃들에게도 존엄사가 필요하구나.' 자연을 떠나 플로리스트의 손으로 넘어온 꽃은 아름다움이 본분일 텐데, 물어본 적은 없지만 내가 꽃이라면 그 아름다움이 지고 발끝이 녹아 들어가며 흉한 냄새를 풍길 때까지 남아 있길 원하지는 않을 것 같다. 살아 있는 동안 깨끗하게 살펴주고 예쁘게 봐주다가 떠날 때가 되면 고이 보내주는 것도 꽃에 대한 예의가 아닐까. 생각은 이렇게 하지만 또 실천은 쉽지 않아서 그 시기가 한참 지나고 나서야 보내줄 때가 다반사다.

작아지는 꽃

언젠가 선물 받은 꽃다발이나 꽃바구니를 어떻게 처치해야 할지 몰라서 하나둘 시들어가는 걸 보기만 하다가 통째로 내다버렸다는 얘기를 들은 적이 있다. 혹은 그대로 말려두었다는 얘기도….

별로 어렵지 않은 일이라도 익숙하지 않고 시도해보지 않았던 일이라면 낯설고 어려운 게 당연하다. 나처럼 기계와 친하지 않아서 컴퓨터에 조금만 이상이 생겨도, 카메라의 기능을 뭔가 조정하려고 해도, 다른 이의 도움이 필요한 사람도 있으니 말이다.

꽃다발을 선물 받았을 때는 적당한 화기에 물을 반쯤 담고 꽃다발을 풀어 가위로 줄기 끝을 잘라 물에 담가준다. 그 상태로 하루 이틀 두고 보면 시들거나 마르는 꽃이 보이는데, 꽃마다 수명이 다르니 어쩔 수 없는 현상이다. 이때 조금만 관심을 기울여주면 예쁜 꽃을 훨씬 오래 볼 수 있다.

우선 전부 따로따로 분해한다. 꽃도 사람과 마찬가지로 꼭 묶여 있을 때보다 풀어서 각자의 자리를 여유 있게 차지하고 있으면 숨 쉬기가 편해져서 그만큼 더 오래 살 수 있다. 화병 속의 물도 신선한 물로 바꿔주고 남아 있는 꽃들의 줄기 끝도 사선으로 잘라준다. 수분을 흡수하는 물관의 면적이 넓어지면서 훨씬 수월하게 물을 먹을 수 있게 된다.

작은 꽃다발 하나도 살아 있는 생명이기 때문에 건강하게 오래 보려면 손이 많이 갈 수밖에 없다. 이런 과정들이 익숙해지면 점점 작아지는 꽃을 보는 기쁨도 알게 된다. 처음에 한 아름이던 꽃다발이 잘라지고 솎아지면서 살이 빠지고 키도 줄어들어 나중에는 먹고 남은 주스 병이나 작은 푸딩 병으로 이사를 하게 된다. 한창때에는 키도 크고 화려하던 외모가 나이가 들면서 작아지고 소박해지며, 욕심은 버리고 몸에 딱 맞는 집에서 여생을 보내는 인생과도 닮은 것 같다.

이렇게 다듬고 다듬다 보면, 물속에 무심히 담가놓은 아이비가 뿌리를 내리기도 하고, 분명 이틀 전에는 몽우리였는데

어느 순간 활짝 꽃을 피우기도 한다. 설마 하면서 눈에 띄는 아무 화분에 던져놓은 줄기풍선초 씨앗에서는 이듬해 싹이 올라와 벽에 구레나룻을 그리며 달려가는 일도 생긴다.

뿌리가 없는 절화는 죽어 있다고 생각하는 사람들도 있지만, 생명은 참으로 신비해서 없는 뿌리를 만들어내며 야금야금 자라나기도 한다. 앞에서 얘기했듯이 실제로 수경 재배가 가능한 아이비는 물속에서도 뿌리를 내리고 위로는 여리고 여린 어린잎이 계속 자라며, 다시 흙에 심어주면 멀쩡한 화분 식물로 변신하는 마법 같은 일도 벌어진다. 심지어 여린 클레마티스 한 줄기가 두 계절이 훌쩍 넘도록 푸른빛을 띠며 살아 있기에 들여다보았더니 수염처럼 뿌리가 자라 있기도 했다.

꼭 뿌리가 나지 않더라도 키가 자라는 꽃들도 있다. 대표적으로는 튤립과 아네모네다. 튤립은 쑥쑥 자라나서 꽃다발 안에서도 혼자 키가 커져서 나중에는 처음과 다른 꽃다발이 되기도 하고, 따뜻한 곳에서 활짝 피었다가도 온도가 낮은 곳으로 옮겨지면 언제 그랬냐는 듯 새침하게 다시 꽃을 오므리기도 한다. 그런 모습은 절화를 죽은 꽃으로 생각하는 사람들을 무색하게 만든다.

다시 키가 크던 꽃다발이 점점 꼬꼬마가 된다는 얘기로 돌아와서, 꽃을 오래 보려면 큰 화병도 필요하지만 작은 화병도

여러 개 준비해두면 매우 유용하다. 적절한 화병으로 바꿔주면 꽃은 마지막 순간까지 내 곁에 곱게 머물다가 갈 수 있다.

시간을 간직한 꽃

여름이 지나고 가을이 시작되면 꽃들이 건조해진다. 특히 수국과 장미 같은 소재들은 작업실 한쪽에 두면, 존엄사의 단계를 초월해서 색이 바래기도 깊어지기도 하며 곱게 말라간다. 깜빡 잊고 있던 부케나 콘트리Cone tree(원뿔 형태의 플로럴 폼에 짧게 꽂아 만드는 센터피스), 화병에 들어 있던 수국은 따로 꺼내 한쪽에 두면 얌전히 말라서 또 다른 소재가 되어준다. 이 녀석들은 바스락거리는 가을 리스에 들어갈 채비를 마치고, 다른 마른 소재들이 모일 때까지 기다린다.

이렇게 시간의 흐름 속에서 자연스럽게 말라가는 꽃들을

모아 리스를 만들면 어쩐지 더 소중하다. 바삭바삭 차가운 계절이 주는 또 다른 선물이다.

언젠가 파리를 거닐다가 진열창 장식을 보면서 떠오른 리스 디자인을 여행에서 돌아오자마자 만든 적이 있다. 실제로 만들어보니 마음에 꼭 들어서 그 뒤로도 몇 번이나 다시 만들었다. 이런 리스를 만들 때는 프리저브드 플라워를 사용하는 경우가 많다. 생화에 약품 처리를 하고 색을 입히거나 창백하게 만들어서 시간을 멈춰놓은 소재들은 바스라지지 않고 오랫동안 색도 형태도 그대로 유지되는 장점이 있다. 또 다른 의미로는 시간을 간직한 꽃들이라 할 수 있다.

일상의 꽃

바람이 살랑살랑 불어오는 날의 동네 꽃가게 앞. 마음을 붙잡는 꽃이 눈에 들어오면 문을 열고 들어가서 한 송이나 두 송이 혹은 한 단을 고른다. 꼭 선물하려는 용도가 아니어도 좋고, 양이 많을 필요도 없다.

"선물하시려고요?"

"아니요. 그냥 집에 꽂아두려고요."

누군가를 기쁘게 해주거나 축하하기 위해 꽃을 고르는 이의 모습도 아름답지만, 특별한 날이 아니어도 자기 자신을 위해 꽃을 고르는 손님을 보면 그렇게 멋져 보일 수가 없다. '아,

저 사람은 자기 인생을 사랑하는구나' 하는 생각이 들면서 덩달아 기분이 좋아진다.

간혹 그렇게 꽃을 사다 보면 플로리스트와 반갑게 인사를 나누는 사이로 발전할 수 있고, 그러다 보면 활짝 피어 너무나 예쁘지만 상품 가치는 덜한 꽃을 선물로 받는 행운이 오기도 한다. 주는 사람은 기쁘고 받는 사람은 부담 없는 행복한 선물이다.

플라워 숍에서는 보통 꽃을 다듬어서 놓아두기 때문에 집에 가져와서 특별히 손질하지 않아도 된다. 줄기 끝만 살짝 잘라 어울리는 화병에 담아두기만 해도 충분하다. 이렇게 특별한 장치가 없어도 순식간에 집 안의 분위기를 바꿔주는 것도 꽃이 가진 매력이 아닐까. 플로리스트의 특별한 손길이 닿지 않아도 적당한 빛과 물과 공기, 그것을 바라볼 마음의 여유만 있다면 누구나 어렵지 않게 생활 속에 꽃을 들일 수 있다. 부엌 한쪽에 노랑 튤립 세 송이, 욕실에는 클레마티스 한 줄기, 침실에는 스위트피 몇 송이만 두어도 금세 기분이 좋아진다. 요리하는 것도 더 즐거워지고, 손을 닦을 때도 상쾌하고, 평소보다 더 달콤하게 잠들 수 있다.

치자가 나오는 계절에, 나는 침대 곁에 자주 치자를 둔다. 활짝 피었다가도 하루만 지나면 크림색 꽃잎이 갈색으로 바래지만, 향기만큼은 2~3일 더 코끝에 머물러준다. 연둣빛 싱그러운 민트가 들어간 꽃다발을 만들며 향기에 반한 다음 날에는 나를 위한 민트를 한 단 가져와서 식탁 위에 꽂아두기도 한다.

동글동글 작고 귀여운 꽃이 피는 노란색의 캐모마일이나 보랏빛 향기가 감도는 라벤더가 등장하는 계절에는 어김없이 우리 집에도 한 자리 차지하고, 친구들 손에도 한 다발씩 들려 보내 집집마다 향을 퍼뜨린다. 말하자면 향기 바이러스랄까. 코끝을 간질이는 향이 스쳐 지나가면 기분도 따라서 몽글몽글 행복해지는 것 같다.

한겨울의 튤립이나 라넌큘러스가 너무 예쁘면 퇴근길에 들고 와서 가방만 내려놓고 꽃을 꽂고 있는 나를 발견한다. 집에서 꽃을 꽂고 있으면 세상이 한없이 평화롭게 느껴진다. 시간에 구애받지 않고, 아무런 목적도 없이 그저 나와 내 가족을 위해 꽃을 만지는 시간을 진정 사랑한다.

꼭 향기가 없어도, 여러 가지 꽃을 섞지 않아도, 그 자체만으로도 충분히 풍성하고 눈을 즐겁게 해주는 게 꽃이 가진 힘이다. 인생을 풍요롭게 만들어주는 가장 어렵지 않은 방법 중 하나가 아닐까.

화기 이야기

꽃을 담아두는 화병. 만약 화병이 없다면 뿌리가 없는 꽃은 물을 먹기 어려우니 꽃들에게는 생명줄과 같다. 그래서 너무나 당연하게도 플로리스트의 작업실에는 화기가 넘쳐난다.

일을 할 때 가장 많이 쓰는 건 다양한 사이즈의 유리 화병이다. 어떤 꽃을 담아도 어울리고, 꽃줄기도 예쁘게 보여주니 조금 무거워도 유리 화기를 많이 쓴다. 그 외에 틴으로 된 화기나 도자기도 즐겨 쓰는 편이다. 아무래도 플라스틱보다 유리 화병 속의 꽃이 더 오래 살고, 유리 화병보다 도자기, 도자기보다 빈티지 틴에서 꽃들은 더 오래 살아남는다.

화기와 꽃도 궁합이 있다. 어떤 꽃을 어떤 화기에 담느냐에 따라 꽃의 분위기가 달라지기도 하고, 꽃의 성격에 따라 화기를 달리하기도 한다. 이를테면 다리가 길고 튼튼한 달리아는 물을 많이 먹어서 자칫 가벼운 화병에 담아두었다가는 다음 날 물은 사라지고 꽃의 무게를 이기지 못한 화병이 쓰러져 있는 모습을 발견할 수도 있다. 그래서 가능한 무겁고 큰 화병에 꽃을 여유롭게 담고 물을 많이 채워준다. 이와 반대로 다리가 긴 카라는 길쭉한 화병에 물을 발끝이 잠길 정도로만 채운다. 줄기가 꺾일 수 있으니 키가 큰 화병에 꽂아두는 것이 좋다. 한편, 스위트피처럼 가벼운 꽃들은 작은 화병에 물도 적당히, 바람이 지나갈 수 있을 정도의 밀도로 부채처럼 펼쳐서 담아두어도 예쁘다.

예쁜 화병을 보면 그냥 지나치기가 어려운데, 화병은 지금도 너무 많으니까 신중하게 고르게 된다. 지금껏 많이 사 모은 덕분인지 이제는 화병을 척 보기만 해도 그 화병의 미래가 보일 정도다. 내내 소중할 것인지 아니면 시간이 지날수록 어딘가에 들어가서 잊혀질 것인지가 말이다. 그래서 요즘은 고이 모셔두면서 눈에 띄지 않더라도 잊혀지지 않을 것 같은 화병만 데려온다.

언젠가 파리에 도착한 첫날에 들른 몽소 공원 앞에서 앤티크 페어가 열리고 있었다. 가벼운 마음으로 지나치던 중 저 멀리 있는 화병이 눈에 들어왔다. 이끌리듯 가서 보니 너무나 아름다운데 가격이 만만치 않았다. 그런데 문제는 옆에 있는 다른 화병도 몹시 아름다워서 둘을 놓고 고민에 빠졌다. 한참을 고민한 끝에 두 번째로 본 보랏빛 화병을 사 왔는데, 밤에 자려고 누워도 첫눈에 마음을 빼앗겼던 그 화병이 자꾸만 생각나지 뭔가. 결국 다음 날 부리나케 달려가서 그 화병도 데려오고야 말았다. 이럴 때면 꼭 마음속으로 이런 말을 되뇌인다. '나는 플로리스트잖아. 다른 것도 아니고 화병인데, 마음에 들면 사도 되잖아….' 지금도 그 두 개의 화병은 무척 소중해서 고이 모셔두었다가 한 번씩 조심조심 꺼내 꽃을 담는다. 오랜 세월을 나와 함께해온 데다 다시는 구할 수 없을 테니 더 조심히 다루게 되는 것이다.

화병 하면, 파리의 라이프 스타일 브랜드인 아스티에 드 빌라트Astier de Villatte를 빼놓을 수 없다. 지금은 한국에도 매장이 있어서 예전만큼 특별하지 않지만 여전히 아름다운 세라믹 화병을 잔뜩 만나볼 수 있는 곳이다. 파리에서 이곳에 처음 발을 들였을 때는 비행기를 타고 가져오기가 조심스러워서 작은 소품 위주로 사서 모았다. 그러다가 언젠가 파리에서 '이럴 거면

큰 걸 사볼까?' 하는 생각이 불쑥 들었다. 결국 다음 날 뤽상부르 매장에서 눈이 마주친 화병 두 개를 골랐다. 함께 여행하던 W가 추천한 화병과 그 옆에 있던 화병. 역시나 그때 안 샀으면 어쩔 뻔했나 싶게 지금까지 잘 쓰고 있다. 간혹 내가 나에게 선물을 주고 싶을 때는 서울 한남동 매장에서 화병을 사기도 하는데, 모두 사이좋게 어울리며 나의 작업실에 자리 잡았다.

내가 직접 사지 않더라도 화병을 선물 받는 경우도 많다. 작업실을 처음 시작할 무렵 빈티지 딜러였던 학생이 덴마크산 빨강 저그를 선물해주었고, 호주로 이민을 가고 난 뒤 어느 날은 하늘색 유리병을 보내주었다. 보떼봉떼의 이름을 새긴 작고 예쁜 꽃무늬 화병이 파리에서 날아오는가 하면, 작업실의 선물요정은 스페인의 세계적인 디자이너인 하이메 아욘Jaime Hayón의 화기들을 선물해주기도 했다. 오묘한 블루 그러데이션의 화병은 수줍음이 많던 그녀의 선물이다.

그런가 하면 눈도장만 찍고 돌아섰는데 어느새 내 품에 안겨버린 이탈리아에서 온 빈티지 화병이라든지 꽃 한 송이 꽂아두면 너무 귀여운 다람쥐 화병, 두 번째 만남부터 신기하게도 대화가 잘 통하던 매력적인 그녀가 직접 그림을 그리고 보떼봉떼 이름을 새겨서 선물해준 유쾌한 얼굴의 화병도 있다.

오래전부터 좋아하는 배우이자 지금은 몇 년째 일주일에 한 번 꽃을 준비해주는 고객이 된 려원 씨에게 선물 받은 튤립이 새겨진 화병도 너무나 특별하다. 언젠가 생일 선물로 받은 분홍색 화병은 리코(고양이) 덕분에 이가 나갔지만 여전히 소중해서 자주 눈앞에 꺼내두곤 한다.

작고 작은 화병부터 한 번에 들기가 무거워서 잘 안 쓰게 돼도 이상하게 애정이 가는 화병들까지, 나와 오랜 시간을 함께해서 꽃물도 들고 손때도 꼬질꼬질하게 낀 화병일수록 더욱 소중해진다. 사람도 둘 사이에 시간이 쌓이고 쌓일수록 떠나보내기 어려워지는 것처럼 말이다.

꽃에 대한 크고 작은 오해들

"꽃으로 디자인할 때 사이즈가 크면 어렵고 작으면 쉽다."

"꽃의 가짓수가 적으면 만들기 쉽다."

꽃을 직접 다뤄보지 않은 이들은 이렇게 생각하는 경우가 대다수다. 그런데 막상 디자인을 해보면 작다고 만만치 않고, 꽃의 종류가 적다고 만들기 쉽지 않다는 걸 알 수 있다. 사이즈가 큰 어렌지먼트를 만들 때는 당연히 전체적인 균형감을 맞추기가 어렵고, 들어가는 소재가 잘 어우러지게 선택하는 일도 쉽지 않다. 그래서 초보자들에게 대형 어렌지먼트는 매

우 어려운 작업이다. 그러나 센터피스나 웨딩 부케처럼 작은 꽃을 디자인할 때는 보석 세공을 하듯 한 송이 한 송이 섬세하게 위치를 선정하고, 길이를 조절해서 꽂아야 하기 때문에 꽃 속으로 빨려 들어갈 것처럼 집중하게 된다.

부케 수업을 하면 학생들이 가장 어려워하는 부케 디자인이 두 가지 있다. 하나는 카라로 만드는 오트쿠튀르 부케이고, 다른 하나는 달리아로 만드는 스퀘어 부케다. 둘 다 한 가지 꽃으로 형태를 만들고 다른 꽃으로 약간의 터치를 보태는 부케다. 한 종류의 꽃으로 부케를 만든다는 것은 그 한 가지의 형태나 매력을 고스란히 살려야 한다는 의미이기에 아름답게 완성하기가 더 어려운 작업이 된다. 집을 지을 때도 여럿이 함께 하면 각 분야의 전문가들이 역할을 분담하지만, 혼자서 집을 지으려면 모든 걸 스스로 해야 하기 때문에 어려운 것과 마찬가지다. 마치 모노드라마처럼 누군가의 도움 없이 주인공인 꽃과 연출가 플로리스트, 둘만의 합작품이 만들어지는 것이다.

세 번째 작업실

1층의 문을 열고 들어서면 어제의 커피 냄새가 폴폴 풍겨서 여행지에 온 것 같은 기분이 든다. 나에게 여행의 향은 커피 향, 이른 아침의 빵 냄새, 신선한 나무 향, 새벽의 도시 냄새, 더운 날 지하철의 무겁고 습한 향이다. 그리고 이내 3층으로 올라와 작업실의 문을 열면 은은한 꽃향기가 실려 온다. 아침 7시 45분. 여행 같은 아침을 맞이한다.

첫 작업실에서 4년을 보내고, 두 번째 작업실에서 9년을 보냈다. 그리고 이제는 세 번째 작업실을 만났다. 한 동네에서 13년을 지냈으니 다른 동네로 가고 싶은 마음이 꽤 오래전부터 있었다. 하지만 막상 옮기려고 하면 이사할 때 힘들었던 기억이 떠올라 엄두가 나지 않았다.

그러던 중 어느 날 나의 필라테스 선생님이 "한남동으로 오세요!"라고 한마디 툭 던졌다. 그녀의 말에 불현듯 '그럼, 그럴까요?' 하는 마음이 생겼다. 서울에서 내가 좋아하는 동네는 광화문과 한남동이다. 한남동은 늘 염두에 두고 있던 차여서, 이번에는 제대로 찾아볼까 하는 마음이 동했다. 적극적으로 찾기 시작하니, 그전에는 보이지 않던 공간이 내 눈앞에 나타났다. '역시 무엇이든 진심을 다해야 보이는구나.'

플로리스트의 작업실은 앞서 두 번째 작업실을 찾을 때도 언급했지만, 고려해야 할 조건이 상당히 까다롭다. 난방, 채광, 통풍, 주차장, 그리고 나의 취향까지…. 이번에도 남편이 적극적으로 함께 나서주었다. 어느 날 그가 링크 하나를 메시지로 보내왔다.

'앗, 괜찮아 보이는데 예산 초과네…. 하지만 어디일까?' 궁금증이 생기는 공간이었다. 셜록 홈스가 된 것처럼 사진 속의 단서들로 위치를 알아내고는 '그래도 한번 보기나 할까?' 하는 마음으로 집주인과 약속 시간을 정했다. 아아, 그런데 역시나 괜찮았다. 문을 열고 들어서자마자 한겨울의 추위를 녹이는 햇살에 단박에 마음을 빼앗겼고, 여기에 꽃이 채워지는 장면이, 공간을 어떻게 쓰면 좋겠다는 그림이 머릿속에 그려지

BRULYS
PASQUA

기 시작했다. 한번 떠오른 생각은 멈춰지지 않았다. 그리고 이곳은 나의 세 번째 작업실이 되었다.

언덕 위의 3층, 넓은 창. 창을 열면 왼쪽으로는 한강이, 오른쪽으로는 남산 타워가 보인다. 게다가 내가 좋아하는 남서향이라 해 질 무렵의 풍경이 아름답다. 맑은 날도, 비가 오는 날도 예쁘고, 눈이 오면 더더욱 아름답다. 선셋이 특히나 드라마틱하게 색채의 향연을 펼치는 날에는 수업을 하다 말고 모두 숨을 죽이고 카메라를 들게 될 정도다. 시시각각 변화하는 하늘을 담으려면 잠시도 눈을 뗄 수 없으니까.

이 작업실에서 보낸 날도 벌써 다섯 해가 되었다. 하지만 여전히 이곳이 좋다. 이곳에서 만나는 친구들(학생들)과의 인연도 너무나 소중하다. 넓지 않은 공간이지만 아늑해서 좋고, 여름의 뜨거운 햇살도 겨울의 깊숙한 햇살도 좋다. 언젠가는 또다시 작업실을 옮기게 되겠지만, 시간이 지나도 밝고 다정한 기억으로 남아 있을 듯하다. 나의 소중한 세 번째 작업실, 마지막 순간까지 잘 지내보자.

BEAUTE ET BONTE

행복한 순간을 찾아서

인생은 나를 알아가는 과정이라는 생각이 든다. 내가 뭘 좋아하는지, 어떤 일을 할 때 마음이 편안해지는지, 설레는지 혹은 불편한지, 언제 스트레스를 받는지, 어떤 걸 견디기 힘든지, 하늘을 자주 보며 살고 있는지, 청소에 소질이 있는지, 요리가 재미있는지….

삶은 참고 견뎌야 하는 것투성이지만, 내가 좋아하는 게 뭔지를 깨닫고 그 일을 조금씩 늘려가며 살다 보면 삶이 조금이나마 더 수월해지지 않을까. 가능하다면 견디지 않아도 되는 일을 찾아서 하거나 견딜 수 있는 힘을 주는 일을 찾아서 힘을 얻거나…. 그래야 건강하게 살 수 있다. 몸도 마음도. 나의 작업실을 찾는 사람들도 그 힘을 얻기 위해 오는 이들이 있다. 그래서 늘 최선을 다하려고 노력한다. 그게 바로 내가 좋아하는 일이기도 하고, 서로에게 좋은 일이니까.

플로리스트가 되기 위해, 혹은 플로리스트로 일하기 위해 작업실을 찾아오는 분들도 많지만 번아웃을 이겨내기 위해, 갑자기 들이닥친 공황 장애를 이겨내기 위해 찾아오는 이들도 있다. 실제로 한 학생은 공황 장애로 힘든 나날을 보내다가 병원을 찾았더니 의사가 "가장 행복했던 순간을 찾아서 그 일을 해보세요"라는 처방을 내려주었단다. 가만히 생각해보니 예전에 꽃을 배울 때가 생각나서 다시 꽃을 시작하려고 작업실을 찾아왔다고 털어놓았다. 역시 공황 장애로 차를 타는 게 힘듦에도 불구하고 멀리서 고속버스를 타고 오는 친구도 있고, 회사 생활에서 받는 스트레스를 완화시키려고 찾아오는 분도 있다. 심지어 꽃집을 운영하면서도 '예쁜 꽃을 보고 힐링하고 싶어요'라며 수업에 오기도 한다. 꽃을 배우며 인생의 힘든 시기를 이겨냈다는 얘기를 몇 년 후에나 전해 듣고 눈물을 흘린 적도 있다. '아, 그랬구나. 정말 다행이다.'

어릴 때는 꽃만 보였다면, 지금은 사람들의 마음이 함께 보인다. 작업실에서 보낸 햇수가 늘어나면서 나도 함께 자랐나

보다. 요즘 들어 나는 작업실을 찾아오는 이들이 이곳에 머무는 시간만이라도 무거운 감정은 잠시 잊고 위로 받기를 간절히 바란다. 그들의 인생이 조금이라도 부드러워지기를, 그래서 더 강건해지기를, 마음의 근육을 단단하게 키워나가기를 바란다.

단상들

언젠가 꽃이 없어도 살 수 있지 않을까 하는 생각을 한 적이 있다. 우리 삶에 반드시 존재해야 하는 직업들이 많지만 플로리스트가 없다고 세상이 멈추지는 않을 테니까. 하지만 생각해보면 꽃은 늘 인류와 함께해왔다. 문화나 예술처럼 살아가는 데 필수 요소는 아니지만, 우리의 영혼에 꼭 필요한 존재다. 그러니 영원히 사라지지는 않겠지…. 더욱이 너무 많은 것이 AI로 대체되는 세상이다 보니 어쩌면 꽃과 자연은 사람들에게 더 필요한 존재가 되지 않을까. 그러고 보면 플로리스트는 아주 미래지향적인 직업일 수도 있겠다. 이런저런 생각 끝에 나의 결론은 더 많은 사람들이 꽃을 보는 즐거움을 느끼고, 꽃을 곁에 두고 살아가면 좋겠다는 것. 그러면 세상이 좀 더 온화해질 테니….

인생 총량의 법칙처럼 꽃은 너무나 아름다워서 생이 짧은 게 아닐까. 세상과 균형을 맞추기 위해서 말이다. 하지만 환경의 차이로 꽃의 수명이 달라지고 어떻게 보살피는지에 따라 함께할 수 있는 기간이 달라진다. 뿌리가 있는 식물들은 무심히 키워도 잘 자라지만 물에 담긴 꽃들은 신경을 쓰는 만큼 오래 볼 수 있다. 한편 정원에서 자라는 꽃들은 또 세심하게 보살펴야 꽃송이를 잘 볼 수 있다.

화병에 담는 꽃들은 우선 통풍이 잘 되는 곳에 두고, 매일 깨끗한 물로 갈아주기만 해도 더 오래 볼 수 있다. 또 물을 갈아줄 때마다 줄기 끝을 사선으로 잘라주면 더 좋다. 아주 잘 드는 꽃가위라면 잘리면서 물관이 눌리지 않으니 꽃이 더 오래 산다. 그리고 예쁘다는 말을 많이 해주는 것과 좋은 음악을 들려주는 것도 꽃의 수명에 영향을 미친다. 정말일까 의아해할 수도 있지만, 내 경험으로는 진짜다. 이런 사소한 정성이 모여서 꽃을 건강하게 살게 해주고, 꽃은 보답이라도 하듯 우리의 마음을 어루만져준다. 이 얼마나 아름다운 순환인가.

아무래도 머릿속에 기억편집 공장이 가동되는 것 같을 때가 있다. 기억은 편집되어 인상적인 순간들만 남아 저장된다. 주로 아름다운 장면들, 그때의 기분과 분위기, 향기 같은 것들. 아프고 힘든 순간들은 자꾸 기억해내면 힘드니까 땅에 묻듯 인생의 거름으로 쓰면서 한 발자국 앞으로 나아간다. 물론 아프고 힘든 기억들도 시간이 흐르면 장르가 바뀌어 편집되기도 해서 웃으며 이야기하는 날이 오기도 하고, 여전히 장르가 바뀌지 않아 눈물샘을 자극하기도 한다. 이 또한 소중한 내 삶의 양분이라고 생각하자.

속상한 일이 있거나 머릿속이 복잡할 때는 작업실에 홀로 남아 꽃을 꽂는다. 혼자 조용한 음악을 들으며 꽃을 만지는 순간을 사랑한다. 꽃은 나에게 일이면서 취미이기도 하고 치유제이기도 하다. 가끔 작업실에서 겪는 불편한 일과 어쩌다 만나는 무례한 사람 때문에 받는 마음의 상처는 그렇게 꽃을 만지며 약을 바른다.

TINTURE
DE
VETIVER

정원이 있는 집

어릴 때부터 인생의 가장 중요한 일이라고 생각한 세 가지가 있다.

- 어떤 일을 하며
- 누구와 함께
- 어디에서 살 것인가

지금의 나는 어느덧 어린 시절부터 꿈꾸었던 '꽃집 할머니'를 향해 가고 있다. 어디에서 어떤 삶을 살더라도 그와 함께여야 재미있을 것 같은 사람과 늘 꿈꾸던 정원이 있는 집에서 살고 있다. 우리 집 데크에서 태어난 귀여운 고양이도 함께.

종종 "어떻게 양평으로 이사 갈 결심을 하셨어요?"라는 질문을 받는데, 사실 결심한 적은 없다. 나는 늘 정원이 있는 집에 대한 로망이 있었지만 주택에 오래 살았던 남편은 주택살이의 단점을 너무 잘 알았다. 게다가 그는 정원 가꾸기에도 별 관심이 없고, 도시를 훨씬 좋아하는 사람이다. 그래서 시골로 거주지를 옮긴다는 건 생각조차 하지 않았는데, 어느 날 그가 "전원주택으로 이사 갈까?"라고 먼저 제안했다. 어느 순간 번잡한 도시를 벗어나 한적한 곳으로 가고 싶은 생각이 들었다는 것이다. 그 말을 듣는 순간 "정말?" 하고 반색하며 함께 집을 알아보기 시작했다.

일단 서울로 출퇴근을 할 수 있는 거리여야 해서 서울 외곽 지역을 알아보다가 그가 "양평에 가볼래?"라고 말하기에 "좋아!" 하고 따라나선 날이었다. 그날은 하필이면 가을의 한가운데, 하늘은 청명하고 단풍이 가장 아름답게 물드는 시절이었다. 양평에서 만난 집은 평범했고, 인테리어도 올드해서 손을 댈 곳이 많아 보였다. '뭐, 살면서 천천히 바꿔도 되겠지….' 그전에 봐둔 예쁜 집은 기억의 저편으로 사라지고 있었다. 이 집으로 오는 길목 풍경에 한눈에 반해버려서 '내년 가을에는 꼭 여기에 있어야겠어'라는 다짐이 들어 마음은 부풀 대로 부풀었다. 되돌리기에는 이미 늦어버린 것이다.

그날 차를 타고 지나면서 바라본 창밖 풍경은 아직도 잊히지 않는다. 너무너무 아름다워서 이곳에 살고 싶다는 생각밖에 들지 않았다. 생각은 얼마 가지 않아 현실이 되었다.

'어딘가에 살고 싶다'는 생각이 강렬하게 든 것은 파리에 이어 양평이 두 번째였다. 그렇게 그해 3월에 작업실을 옮기고, 같은 해 4월에 집을 이사했다. 큰일을 연속으로 치르다 보니 몸은 힘들었고, 새로운 공간에 적응하는 게 생각보다 쉽지 않았다. 4월의 양평은 몹시 추웠고(양평이 전국에서 손에 꼽힐 정도로 춥다는 걸 그때는 몰랐다), 주택은 역시나 손봐야 할 곳이 많았으며, 서울까지 출퇴근하는 일은 생각보다 오래 걸렸고, 땅에서라면 모두 잘 살 줄 알았던 꽃과 나무를 키우는 일은 상상했던 것보다 훨씬 어려웠다.

하지만 몸이 힘든 건 잘 먹고 잘 쉬면 해결할 수 있었다. 추위는 성능이 좋은 난로를 들여서 온기로 채웠다. 집을 돌보는 건 정말 자잘한 일이 많았지만 그런 걸 잘하는 사람과 살고 있어서 내가 힘들 일은 없었다. 출퇴근 시간은 오래 걸려도 집에 돌아오면 깊게 휴식을 취할 수 있었다. 그리고 가장 좋은 건 쉬는 날에 집 밖으로 나가기만 해도 여행 온 기분을 느낄 수 있다는 것이었다. 게다가 처음엔 막막했지만 정원을 가꾸는 일이

기대 이상으로 재미있다는 것도 알게 되었다.

양평으로 이사한 뒤로 겨울이 다가오면 감정이 다채로워졌다. 노랗게 빨갛게 물드는 단풍은 한없이 아름다웠고, 기온이 서울보다 6도쯤 더 낮기 때문에 겨울의 한기를 일찍부터 느꼈다. 하지만 추위가 파고들어 살을 에일수록 봄이 한 발짝 더 다가온다는 의미이니 꽃이 만발할 계절이 기다려졌다. 양평에서 살기 시작한 첫해에는 살면서 이토록 봄을 기다렸던 적이 또 있었던가 싶을 정도였다.

2월이 되어도 아직 겨울은 길게 남아 있다. 그러다가 서서히 해빙기가 오고 봄의 햇살이 비추기 시작하면 겨우내 쌓인 낙엽을 걷어내며 땅을 들여다본다. 꼬물꼬물 올라오는 새싹들을 보면 언제나 대견하고, 뭔가 새로운 희망이 샘솟는다. '아, 땅을 보면 희망이 보이는구나.' 이렇게 문득 깨닫는 순간이 좋다.

추위를 견뎌내고 싹트는 생명은 그것이 잡초일지라도 늘 경이롭다. 그렇게 하나둘 피어나는 튤립과 수선화를 보면서 감탄사를 토하는 동안 땅은 점점 초록으로 변해간다. 밤늦게 귀가하느라 하루 못 본 사이 하늘 높은 줄 모르고 자라 있는 클레마티스가 인사하듯 반겨준다. 그래서 몸이 힘든 날은 집

에 도착해 차에서 내리는 순간부터 숨을 깊게 들이쉬게 된다. 달콤한 공기에 하루의 피로가 싹 사라지고 포근한 밤공기에 다시 힘을 얻는다.

아침은 늘 새소리와 함께 시작된다. 폭풍 같은 비가 내리고 난 뒤의 아침은 특히 평화롭다. 정원의 고양이들이 아침 햇살을 쬐는 모습만 바라보아도 치유가 된다. 어느 하루는 늦은 아침으로 버섯과 루콜라를 잔뜩 넣은 크레페를 먹고 커피를 마시며 멍하니 앉아 있다가 한순간 정신이 번쩍 들었다. 아니 지금, 이러고 있을 때가 아니지! 목단이 피었을 텐데…. 서둘러 정원에 나가본다. 연노랑 아이리스 옆에 연분홍 목단이 수줍게 얼굴을 내밀었다. 그 안에서 비집고 나오는 꿀벌까지 있으면 뭔가 완성된 느낌이 든다.

양평 집에서 두 해를 지나며 식구를 잔뜩 늘린 아이리스의 생명력에 깜짝 놀라고, 몽우리가 제법 통통해진 장미와 갑자기 쑥 자란 포도가 반갑다. 푸른색 별처럼 풍성하게 피어나는 실라 꽃, 낭창낭창한 짙은 녹색 가지에 귀여운 노란색 꽃이 달리는 애니시다, 보랏빛 공처럼 귀여운 알리움, 정원에 환타처럼 생기를 주는 한련화, 오래도록 피어 있어서 고마운 헬레보루스와 쑥쑥 크는 섬머라일락과 아스파라거스, 봄비를 듬뿍

맞더니 푸른 잎사귀와 꽃잎을 풍성하게 펼치는 수레국화와 작약들…. 역시 봄비는 식물에게 보약인 모양이다.

일요일에는 책 한 권 들고 정원으로 나간다. 심어둔 꽃들이 하나씩 피어나는 정원에 앉아 신선한 장미향을 들이마시니, 대번에 파리가 떠오른다. 여행의 추억이 신선한 장미 향과 풀 내음으로도 되살아난다. 당연한 것을 새롭게 알게 되다니….

그러나 사실 정원에 가만히 앉아 책을 읽기란 쉬운 일이 아니다. 책에 집중해야 하는데, 책에서 눈을 떼는 순간 잘라내야 하는 가지가 보이고, 잎사귀에 붙어 있는 벌레가 보이는가 하면, 영양제를 좀 줘야겠는데 싶은 생각이 불쑥 들기도 한다. 뽑아야 할 잡초도 잔뜩 눈에 띄니, 해야 할 일이 끊임없이 생각난다. 결국 책을 접고 자리에서 벌떡 일어나, 목수국 가지 아래쪽에 붙어 있는 말벌집도 떼어내고 벌레들이 공격한 복숭아나무 가지를 잘라낸다. 그러고 나면 이미 해는 저 멀리 저물어 있다. 하지만 흙 내음을 맡으며 정원 일을 하고 있으면 정말 아무 생각도 들지 않고 에너지가 채워진다.

그러다가 여름이 찾아오면 더 이상 정원 일은 낭만이 아니다. 너무너무 덥고, 모기가 달려들고, 잠깐 나가서 잡초만 뽑으려고 해도 땀으로 샤워를 하게 된다. 어느 순간엔 정원이 정글이 되도록 내버려두게 되는데, 그럴 때면 '일하면서 정원까지 돌보기는 힘들지' 하며 스스로를 합리화한다. 이 더위에 정원 일을 하는 분들은 정말 대단한 거다.

더위가 가시고 가을바람이 불어오면 다시 밖으로 나가 장미를 타고 올라가고 있는 넝쿨을 걷어낸다. 가지치기를 해주고, 영양제를 주고, 더위에 고생한 나무들을 보살펴준다.

그러다가 가을이 깊어지면 다시 두근거릴 차례다. 봄을 기다리며 알뿌리 식물들을 주문해야 할 시간이다. 요즘은 모든 것을 온라인으로 주문할 수 있어서 시도 때도 없이 튤립을 고르고 수선화를 고르고 알리움을 고른다. 헬레보루스도 다시 심고, 숙근 루피너스나 플록스도 주문한다. 튤립과 수선화는 종류가 어찌나 많은지 고르다가 눈이 아플 지경이다. 알뿌리들이 착착 도착하고, 한기가 들 정도로 기온이 내려가면 이 알뿌리들을 어디에 심을지 행복한 고민을 하면서 땅을 파기 시작한다. 나만의 월동 준비를 하며 마음이 따끈해지는 시간이다.

다시금 밤이 긴 겨울이 찾아오면 정원에 나갈 일은 부쩍 줄어들고 해가 들어오는 시간이 소중해진다. 어느 날 아침에 커튼을 젖혔는데 소리 없이 눈이 내리고 있으면, 시간을 잠시 멈춰놓고 싶을 때가 있다. 눈 쌓인 도로 위의 힘든 사정과 미끄러

운 시골길의 난감한 걱정은 뒤로하고 눈이 내리는 풍경을 그저 바라보게 된다. 세상이 음소거라도 된 것처럼 고요하고, 아름답다.

눈이 내리는 풍경을 바라보며 난로를 켜고 김이 모락모락 나는 커피를 손에 쥐고 앉아 있으면 마냥 행복해진다. 그러다가 눈이 그치고 겨울 햇살이 비치면 그것 또한 좋다. 겨울의 깊숙한 햇살과 남아 있는 초록 잎사귀와 바람이 만들어내는 그림자를 좋아하지 않을 수 없다. 추운 계절의 빛은 더 따스하게 느껴지니까. 이러다 정신 차리면 봄이 코앞에 와 있을 테니 지금을 즐겨야 한다.

크리스마스 파티

한 해의 끝자락, 12월의 마지막 토요일 오후 수업은 늘 파티 같은 시간이 된다. 누군가는 샴페인을, 케이크를, 작은 선물을 준비하고, 맛있는 음식을 먹고 사소한 이야기들을 나누며 웃고 떠드는 시간. 언젠가부터 "선생님, 그날은 크리스마스 파티해요"라고 누군가 제안해서 이제는 다소 공식적인 파티가 되었다. 멤버는 매년 조금씩 바뀌어도 모두들 기꺼이 즐거운 마음으로 함께하는 파티. 메뉴를 고를 때 세상 진지하고, 너무 맛있는 케이크와 직접 구운 마카롱, 귀한 샴페인이나 와인이 등장한다. 기쁜 마음으로 선물을 준비하고, 서로에게 받는 게 너무 많은 것 같아서 고마운 사람들이 채워주는 따뜻한 공기. 누구보다 이 시간에 진심인 그녀가 '전통'이라고 말해준 것처럼 이 시간이 오래 지속되었으면 하고 마음 깊이 바라게 된다.

오래 곁에 있어주어서, 이곳에 모여주어서 그리고 서로에게 좋은 사람이 되어주어서, 모두 고맙습니다!

Flower Index

개미취

달리아

라일락

거베라

동백

루드베키아

그린 카라

라넌큘러스

루피너스

네모필라

버터플라이 라넌큘러스

리시안셔스

다람쥐꼬리사초

라벤더

목련

무스카리

물망초

미모사

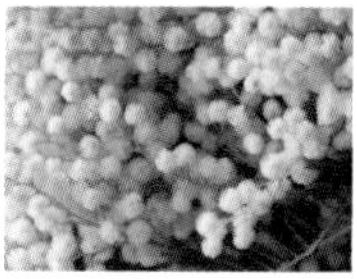

백합

상록종덩굴

샌더소니아

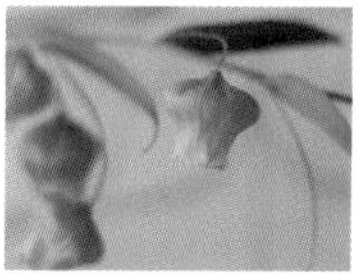

수레국화

수선화

스노드롭

스모크트리

스위트피

스카비오사

스테파니아 에렉타

스토크

스프레이 로즈 바닐라라떼

스프레이 로즈 비포선셋

아네모네

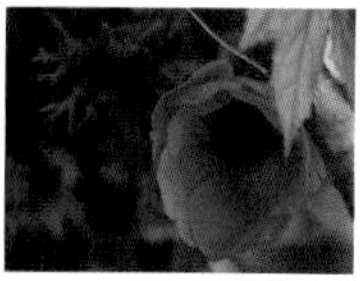

아이리스

알리움

으름

초콜릿 코스모스

에델바이스

은방울꽃

캐모마일

여름 해바라기

익시아

클라키아

여우얼굴

작약

클레마티스

옐로 셀서피

장미

벨 클레마티스

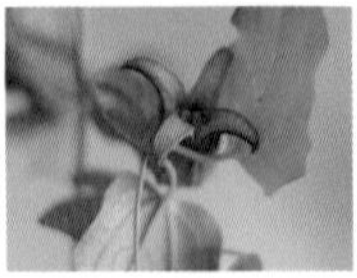

위성류

조팝

클레마티스 시드

투베로즈

토마토

튤립

팬지

포피(양귀비)

프리지아

프리틸라리아 불피스

프리틸라리아 스노드롭

프리틸라리아 멜레그리스

프리틸라리아 임페리얼

프리틸라리아 페르시카

핑크마가렛

하노이

하늘타리

한련화

헬레보루스

환타지아

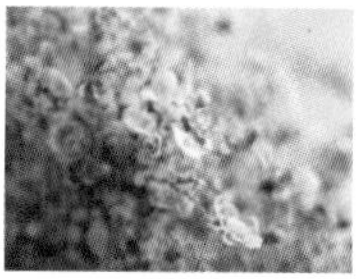

히야신스

꽃처럼

초판 1쇄 발행 2024년 8월 8일

지은이 정주희

펴낸이 김철식

펴낸곳 모요사

출판등록 2009년 3월 11일
(제410-2008-000077호)

주소 10209 경기도 고양시 일산서구
가좌3로 45, 203동 1801호

전화 031 915 6777

팩스 031 5171 3011

이메일 mojosa7@gmail.com

ISBN 978-89-97066-95-7 03810